जुआ गढ़

दाँव पर दुनिया...

भुवनेश्वर उपाध्याय

डायमंड बुक्स
www.diamondbook.in

प्रकाशकः डायमंड पॉकेट बुक्स (प्रा.) लि.
X-30, ओखला इंडस्ट्रियल एरिया, फेज-II
नई दिल्ली-110020
फोन : 011-40712200
ई-मेल : sales@dpb.in
वेबसाइट : www.diamondbook.in

JUAA GARH : Daon Per Dunia (NOVEL)
By : *Bhuvneshwar Upadhyay*

बेटी रिचा, रिया और अनवी को...

ईश्वर इन्हें जीवन की हर बाजी जीतने की
सामर्थ्य और हुनर दे...

भूमिका

ये दुनिया, जिसे जितना अधिक बड़ा, श्रेष्ठ और विद्वान समझती है उसके समक्ष उतनी ही अधिक सभ्य और सावधान हो जाती है। इन हालातों में लोगों की वास्तविकता को समझ पाना बड़ा ही कठिन कार्य है। ऐसे में दुनिया को समझने के लिए सहज और सरल हो जाना मुझे ज्यादा उपयुक्त लगता है, क्योंकि एक सीमा के बाद ये भी बेवकूफों की श्रेणी में आ जाते हैं और दुनिया जैसी है; ठीक वैसी ही दिखती है। एकदम नग्न...

कुछ समय पूर्व जब मैं महाभारत पर एक उपन्यास लिख रहा था तब जुए पर बहुत कुछ सोचना-समझना हुआ, उसके बाद जब वही चीज बार-बार सामने आने लगी तो उससे वैचारिक जुड़ाव होना भी सहज ही था। और फिर हमारे आसपास तो जुए पर देखने, सोचने, महसूस करने और लिखने के लिए बहुत कुछ उपलब्ध था। जुए पर पढ़ने को कभी कुछ विस्तृत सामने नहीं आया, इसीलिए तब और लगा कि इस विषय पर लिखा जाना चाहिए। परिणाम स्वरूप जिनकी उपस्थिति सभ्य समाज में अवांछित प्रतीत होती है; अब वही जुआरी मुझे रोचकता से भरा विषय लगने लगे थे। मैं भी प्रतिदिन घंटे-दो-घंटे उनके जीवन और व्यवसाय, जो कि जुए के रूप में सामने था, उसे समझने और महसूस करने के लिए देने लगा था।

तब मुझे ये लगा कि ग्रामीण और कस्बाई क्षेत्र में फैले इस जुए के कारोबार और जुआरियों के जीवन पर बहुत कुछ लिखने लायक है। जुए ने न जाने कितने घरों को बरबाद कर दिया है ये तो सभी जानते हैं, अनेक उदाहरण भी लोगों की नजरों के सामने हैं, इनके

पीछे के मनोविज्ञान से शायद कुछ लोग ही परिचित हों। जुआरियों में कुछ अपवाद स्वरूप इक्के-दुक्के ऐसे भी हैं जो गरीबी और अभावों से जूझकर जुए के कारण रइसी की जिंदगी जी रहे हैं। इन सब के अतिरिक्त जुआरियों का भावनात्मक, पारिवारिक, सामाजिक, आर्थिक जीवन कैसा होगा? कैसे उनकी खुशी और दुःख महज एक हार-जीत के मोहताज होकर रह जाते होंगे? उनका कुछ पलों में लखपति हो जाना और कभी दस रुपए के लिए साधिकार, दंभ रहित होकर हाथ फैलाना; कैसे उनके लिए ये सब इतना सहज हो जाता है? इन हालातों में आम आदमी तो हार्टअटैक से मर ही जाए! इन प्रश्नों ने मुझे अपनी ओर खींचा। मुझे लगा कि ये बातें पाठकों को भी जरूर आकर्षित करेंगी, और इस विषय पर ज्यादा कुछ लिखा भी नहीं गया है। इन्हीं सब बातों ने मुझे लिखने के लिए प्रेरित किया।

'जुआ गढ़' के अधिकाँश पात्र मेरे समक्ष उपस्थित ही थे, और कुछ समय-समय पर आकर जुड़ते रहे। उन्होंने भी इसके संरचनात्मक विस्तार में महत्त्वपूर्ण भूमिका निभाई है और मेरे मददगार भी रहे हैं। मैं उनसे निरंतर संवाद करता रहा और उनके द्वारा सुनाई गई घटनाओं को जरूरत के हिसाब से लिखता भी रहा। ये मेरे और इस उपन्यास के लिए बहुत महत्त्वपूर्ण बात थी। इससे परिवेश चित्रण में कहीं भी कृत्रिमता नहीं आई। और मैंने भी बेवजह उन्हें सभ्य दिखाने की कोशिश नहीं की। जो है; सो है। कभी-कभी उन्हें एक दो पैरा, उनकी रुचि और क्षमतानुसार सुना भी देता था। इससे अधिक उनके लिए ऊब पैदा करता था, परंतु उनके चेहरे पर आश्चर्य देखकर मुझे बहुत ऊर्जा मिलती थी।

मैं उनसे अपने उपयोग लायक कुछ-न-कुछ निकालने की कोशिश करता ही रहता था और वो मुझे खेलने के लिए प्रेरित करते रहते थे। जिसके लिए जरूरी हथकंडे हम दोनों ही अपनाते थे। फिर भी उनसे व्यक्तिगत संपर्कों के कारण इसे लिखने में बहुत आनंद आया।

इसकी संरचनात्मक ढांचे में भले ही यथार्थ के मजबूत और खुरदुरे सरिए कसे गए हों, परंतु इसकी सजावट में यथाउचित कल्पनाओं के चटख रंग और भावनाओं की आर्द्रता भी भरी गई है। मेरी नजर में हमेशा

ही हर वर्ग का पाठक रहता है; इसीलिए इस उपन्यास की लेखन शैली विषयानुरूप सहज ही व्यंग्यात्मक हो गई और अंत करुणामय!

जुआ खेलने का कारण, खेलने वाले का अतिमहत्त्वाकांक्षी होना तो होता ही है, किंतु कभी-कभी असफलता और निराशाजन्य मानसिक कुंठा भी खेलने के लिए प्रेरित कर देती है। इस खेल में देखने वालों के लिए भी एक सहज आकर्षण होता है; क्योंकि उन्हें सिर्फ खिलाड़ी जीतता ही दिखता है। यही बात उन्हें भी खेलने के लिए प्रेरित करती है।

दीपावली पर मुहल्ले में अक्सर मेरे सहपाठी दस-पाँच रुपए दाँव पर लगाकर माँगपत्ती या फलाश (तीनपत्ती) खेला करते थे। मुझे भी शौक लगा। छुपकर एक-दो दिन खेला, दो-तीन सौ रुपए भी जीत लिए थे। जुए का यही फर्स्टलक सबसे खतरनाक होता है। तीसरे दिन हम पापाजी द्वारा पकड़ लिए गए। उसके बाद कभी नहीं खेला। जो कह दिया; सो कह दिया। तब उम्र तेरह-चौदह वर्ष की रही होगी। उसके बाद दूसरा अनुभव करीब बीस साल बाद हुआ। मुहल्ले में दो लोग मेरे बगल में ही रहते थे; जिन्हें सट्टा लगाने का शौक था। रोज शाम को बड़ा हिसाब-किताब करके सुबह लगाते थे। तब पाँच रुपए के चार सौ मिलते थे। एक दिन मैंने भी मजाक-मजाक में पाँच रुपए, पच्चीस नंबर की जोड़ी पर लगा दिए। उन्हें पाँच रुपए दिए, मगर उन्होंने लिए नहीं। उस समय अपनी हिम्मत इतनी ही काम कर पाई थी।

सुबह मैं जीत गया था और मेरी बजह से उनकी भी भरपाई हो गई थी, क्योंकि पाँच रुपए की बुकिंग कराते समय उन्हें शर्म आई होगी इसीलिए वो सौ रुपए की हुई थी। सुबह मुझे चार सौ मिले। इससे बेहतर और क्या हो सकता था! दूसरा दिन खाली गया, परंतु तीसरे दिन सोलह सौ मिले। जीते हुए पैसे मुझे आगे बढ़ने के लिए प्रेरित कर रहे थे इसीलिए मैं जुए के पैसे रखना नहीं चाहता था। मैंने बड़ी रिस्क ली और सारे पैसे एक ही नंबर पर लगा दिए थे। अंततः मैं चौथे दिन दो हजार रुपए हारकर खुश था। उसके बाद मैंने तौबा कर ली।

जब उपन्यास 'जुआ गढ़' लिख रहा था तब ये अनुभव बहुत काम आए और मुझे जुआ खेलने वालों की मानसिकता समझने में सहूलियत

रही। शायद इसीलिए इतनी सहजता से इस उपन्यास में इसके पात्र अपना सहज जीवन जीते दिखाई पड़ते हैं। उनकी रोजमर्रा की भाषा और संवाद उतने ही सहज और आम हैं जितनी कि उनमें समझ है। इसीलिए इसकी पठनीयता और रोचकता लगातार बनी रही। वास्तविकता ने अपने आप ही कृति की संप्रेषणीयता को पाठकों की रुचि के अनुरूप ढाल लिया है।

मैंने भी अपनी क्षमताओं के अनुरूप अपना शत-प्रतिशत देने का प्रयास किया है। और मैंने ये भी कोशिश की है कि नैतिक मूल्यों और मानवीय आदर्शों की पैरवी करते हुए इनके लिए कुछ सुधार की संभावनाएँ भी गुदगुदाने के साथ तलाश सकूं। और फिर पाठक तो सर्वोपरि है ही... मुझे उम्मीद है, ये कृति उन्हें अवश्य पसंद आएगी।

–भुवनेश्वर उपाध्याय
डबलगंज सेवढ़ा, दतिया
मध्य प्रदेश-475682

1.

दुनिया को बिगाड़ने के लिए जितने लोग सक्रिय रहे उससे कहीं अधिक सुधारने वाले, परंतु दुनिया जैसी थी वैसी ही रही। सुरा-सुंदरी और सत्ता जहाँ थे; वहीं अब भी हैं। काम, क्रोध, लोभ, मोह तब भी थे; अब भी हैं। आदमी पहले भूखा था; आज भी है। आदमी के सभ्य, समझदार और महत्त्वाकांक्षी होते-होते, पाने के तरीकों में जरूर परिवर्तन आया है। इसी के चलते एक चीज और जुड़ गई जिसे ''जुआ'' कहते हैं। जुआ असल में हार-जीत की एक ऐसी शांतिपूर्ण लड़ाई है जिसमें हारने वाला तकदीर को दोषी ठहराकर जीतने की कोशिश बार-बार कर सकता है; भले ही वह कभी न जीते! इस खेल में राई को पहाड़ किया जा सकता है, और पहाड़ कब राई हो जाए ये तो पता भी नहीं चलता! कुछ लोग बिग रिस्कफैक्टर अर्थात दुःसाहस को जुए के लिए महत्त्वपूर्ण मानते हैं क्योंकि सब इसी पर टिका रहता है। इसमें एक सुई से लेकर दाँव पर दुनिया... भी लगाई जा सकती है, अगर हो तो...।

वैसे देखा जाए तो आदमी की पूरी जिंदगी ही जुआ है। बच्चे पैदा कर माँ-बाप एक तरह से जुआ ही खेलते हैं। यदि जीते तो सेवा-मेवा के साथ-साथ आदर और सम्मान भी मिलेगा, और अगर हारे तो जिल्लत, उपेक्षा और निराशा से भरे बुढ़ापे में किसी के बाप का एहसान ही क्या है? बहुत हुआ तो तकदीर को कोस लेंगे, नहीं तो अपने कुकर्मों का फल मान कर भोग लेंगे। भोग क्या लेंगे; भोगना ही पड़ेगा। यही जुए का दर्शन है।

बच्चे भी बड़े होकर पढ़-लिखकर नौकरी का जुआ खेलते हैं। लगी तो ठीक; नहीं तो कुछ वैकल्पिक जुआ अर्थात बिजनेस में हाथ आजमाकर अपना भाग्य टटोलते हैं। चला तो ठीक; नहीं तो... आखिर

रिस्क तो सभी में है! ये लम्बी प्रक्रियाएँ हैं और परिणाम भी देर से ही आते हैं। इनकी आमदनी पर टैक्स भी लगता है, लिहाजा ये जुआ खुलेआम और इज्जतदार बनकर खेल सकते हैं। वैसे मजदूरी भी कर सकते हैं, परंतु उसमें वो बात नहीं है। 'नो रिस्क और नो गेम' वाली बात में न तो एडवेंचर है, और न लाईफचेंजर जैसा कुछ, इसलिए ये जुए के अंतर्गत भी नहीं आती, मगर पेट तो भर ही देती है। और यदि पेट भरने का नाम ही जिंदगी होती तो है तो फिर आदमी और कुत्तों में क्या फर्क रह जाएगा, पेट तो वह भी भर लेता है।

शायद आदमियों की दुनिया में इसीलिए ऊंच-नीच दिखती है ताकि आदमी, आदमी में कुछ भेद तो नजर आए। जो लोग जुआरी नहीं होते, वो जुगाड़ी भी नहीं होते, इसीलिए वो तमाम उम्र आभारी रहकर ही गुजार देते हैं। दूसरी तरफ इस दुनिया में जुआरियों की तमाम प्रजातियाँ पाई जाती हैं, मगर एक ऐसी भी प्रजाति पाई जाती है जिसे कट्टर जुआरी कहा जाता है। यह धैर्यरहित और अत्यंत महत्त्वाकांक्षी होने के साथ-साथ धनसम्पत्ति वाली या फिर साधनहीन भी हो सकती है। ये उसकी जुए की लत, बदमाशी, कमीनेपन और भाग्य की स्थिति पर आधारित होती है।

इनके सारे कर्म ताश की एक गड्डी से शुरू होकर उसी में समा जाते हैं। इनके लिए एक ही धर्म होता है जुआ खेलना, फिर चाहे पैसे घर के वर्तन बेचकर आएं या घरवाली के गहने। उधारी से या चोरी से, जैसे भी हो इनकी आत्मा बिना खेले तृप्त होती ही नहीं है। ये हार-जीत से परे होते हैं इसलिए ये पक्के कर्मयोगी की तरह ही कार्य करते हैं और इनमें गजब की जिजीविषा होती है। निराशा इनके आसपास भी नहीं फटकती है। ये महीनों हारने के बाद भी जीतने की उम्मीद नहीं छोड़ते हैं।

जीत की प्रबल इच्छा लेकर खेलने पर भी हार को ये उसी प्रकार आत्मसात कर पुनः प्रयास में लग जाते हैं जैसे इनके लिए हार का कोई मतलब ही न हो। ये उस परंपरा के लोग होते हैं जो ये मानते हैं कि जुआ और युद्ध को जो मना करते हैं उनके पूर्वज नरकवासी होते हैं। इसीलिए ये जुए को श्राद्ध का विकल्प मानते हुए उसे तन, मन और धन लगा कर खेलते हैं। जिसमें धुँआ-दारू एक उत्प्रेरक की भूमिका

के साथ-साथ दिली दर्द को मिटाने के लिए भी काम में लाई जाती है। जुआरी अगर जीत जाए तो दानवीर कर्ण को भी उदारता में मात कर दे, और हारने पर आ जाए तो युधिष्ठिर को भी धूल चटा दे। शायद ये अतिशयोक्ति है, परंतु उनके लिए नहीं, जो दिवाली-दशहरे पर ही किश्मत आजमाते हैं और फिर पूरी साल हार-जीत की खुशी या दुःख मनाते हुए फिर खेलने के लिए अगली दिवाली का इंतजार करते हैं।

कुछ बड़े जिगर वाले होते हैं जो रोज तकदीर को आजमाकर देखते हैं, और हार-जीत को एक दार्शनिक की तरह समभाव से लेते हैं। इनमें कुछ बड़े आदमियों के बच्चे होते हैं, जिन्हें बिगड़ी हुई औलाद कहा जाता है। और कुछ भुक्कड़ों के होते हैं जिन्हें जुगाड़ू की उपाधि मिलती है, परंतु इससे कोई फर्क नहीं पड़ता सिर्फ जेब में नोट होने चाहिए। यहाँ भी मधुशाला की तरह ही जाति, धर्म के आधार पर कोई भेद नहीं किया जाता है।

कोई व्यक्ति, जो किसी भी उम्र का हो सकता है, जब वह इस राह का राही बनकर पहला पड़ाव पार करता है उसी समय यह तय हो जाता है कि वह निरंतर खेलते हुए डटा रहेगा या फिर यदाकदा ही किश्मत आजमाएगा। क्योंकि जुए में फस्टलक की महत्त्वपूर्ण भूमिका होती है, और इसी से तय होता है कि फलाँ आदमी कितना बड़ा जुआरी बनेगा। पहली-दूसरी बार ही खेलने वाला ही अगर हार जाएगा तो वह घोर निराशावादी हो जाएगा। और जुए में नाम कमाने के लिए अति का आशावादी होना जरूरी है। एक ओर तमाम शौर्य कथाओं की तरह ही जुए की विजय गाथाएँ भी लोगों को इस पेशे में आने के लिए प्रेरित करती हैं। तो दूसरी ओर निखट्टूपने को छुपाने के लिए भी लोग सौ-दौ-सौ इधर-से-उधर कर ही लेते हैं। कुछ संभ्रांत किस्म के जुआरी होते हैं जो सभ्य और प्रतिष्ठित लोगों के साथ सुरक्षित स्थानों पर हाथ आजमाते रहते हैं। और इन्हें ये भ्रम भी होता है कि समाज में इनकी बहुत इज्जत है भले ही उसकी कीमत दो कौड़ी की भी न हो। खैर...। युगों के पार इतिहास में देखें तो अब तक का सबसे बड़ा लीगल और नो लिमिट जुआ, मगर इल्लीगल तरीके से कौरवों और पांडवों के मध्य

खेला गया था। जिसमें सम्राट युधिष्ठिर धन, राज्य, भाई और पत्नी तक हार गए थे, और परिणाम धीरे-धीरे महाभरत तक पहुँच गया था।

शायद तभी से जुआ कानूनन अवैध है। मगर आजकल कानून के रखवाले अपनी हिस्सेदारी लेकर, खेलने-खिलाने की परमीशन दे देते हैं। वो भी जानते हैं कि ये तो मानने से रहे तो फिर क्यों न अपना फायदा ही कर लिया जाए। वैसे भी देखा जाए तो सुरा-सुंदरी की तरह ही जुआ भी शाश्वत ही है, परंतु बदलते समय के साथ-साथ इसके खेलने के तरीके भी बदल जाते हैं। इसी अनुकूलता के कारण ये युगों-युगों से चलता आ रहा है।

जुए के दर्शकों को भी केवल जीतने वाले ही दिखाई पड़ते हैं, हारने वाले तो यहाँ भी मुहम्मद गौरी की तरह जीतने की चाह लिए तैयारी कर बार-बार आते-जाते रहते हैं और जीतने वाला पृथ्वीराज चौहान की तरह तब तक मैदान में डटा रहता है जब तक वह हार न जाए। इसीलिए देखने वाला भी एक दिन जुए में हाथ आजमाता ही है।

यहाँ बात वर्तमान समय में ताश के पत्तों से खेलने वाले जुए की हो रही है, तो उसी के तरीकों, प्रकारों का विश्लेषण किया जाना आवश्यक है; ताकि पाठकों को आगे समझने में कोई दिक्कत न हो।

सबसे पहले बात 'जुआ गढ़' की...असल में ये वो स्थान है जहाँ जुआरी थोड़ा-सा कर देकर बेफिक्र होकर जुआ खेल सकते हैं। सुरक्षा और जरूरी सामान आदि के सारे उत्तरदायित्व 'जुआ गढ़' के महाराज अर्थात संचालक महोदय के ही होते हैं। जो रसूखदार होने के साथ-साथ कबाड़ी, जुगाड़ी और बाहुबली भी हो सकता है। ये पहले से ही खूब घुटे-पिटे होते हैं इसीलिए पुलिस द्वारा पकड़े जाने पर भी इनकी इज्जत समाज में कम नहीं होती। और जो गढ़ वर्दीधारी आक्रमणकारियों द्वारा नेस्तनाबूद होने पर भी जरा सी अनुकूलता पाते ही पुन: अपने प्राचीन वैभव को प्राप्त करने में देर नहीं लगाते, वे ही मजबूत गढ़ माने जाते हैं। और जो इन सब कामों में निपुण होता है वहीं सच्चा और अच्छा संचालक माना जाता है।

तात्कालिक ऋणदाता अर्थात फायनेंसर... ये भी इस व्यवस्था में महत्त्वपूर्ण किरदार निभाते हैं। इसे यूँ कहें कि ये हारने वालों के वेंटिलेटर होते हैं। इनके बिना जुआ गढ़ की कल्पना भी कठिन प्रतीत होती है क्योंकि ये जुआ गढ़ की अर्थव्यवस्था की रीढ़ माने जाते हैं। और फिर आज के इस दौर में बिना उधारी के कुछ होता भी कहाँ है? हाँ! ब्याज थोड़ा अधिक जरूर लगता है।

ये फायनेंसर भी रसूखदार, निर्मम और जूते के दम पर उधार बसूलने वाले होते हैं। इसीलिए इनका पैसा सिर्फ एक ही स्थिति में डूब सकता है, वह भी तब, जब खिलाड़ी जहर खाकर या फाँसी लगाकर मर जाए। यहाँ ब्याज, रकम के हिसाब से नहीं अपितु खेलने वाले की स्थिति और जरूरत पर निर्भर करता है। ये घंटों से लेकर दिनी, मंथली और वार्षिक भी हो सकता है। ये स्वयं भी जुआरी हो सकते हैं, मगर ये सँभलकर खेलते हैं इसीलिए देने लायक बने रहते हैं। ये एक से अधिक भी हो सकते हैं जो साइकिल से लेकर टी.वी., कूलर, पंखा आदि सब गिरवी रखकर इन्सटेन्ट लोन उपलब्ध कर देते हैं। जुआरी जीते या हारे इनका लाभ पक्का है। इनमें कुछ तो इतने महान होते हैं कि ब्याज काटकर ही रकम देते हैं।

पक्के खिलाड़ी..., ये वो जुआरी होते हैं जो इसे पूर्ण पेशे के रूप में अपना लेते हैं, और दिन-रात एक करके खेलते रहते हैं। ये इसी रूप मे समाज में प्रचलित और मान्यता प्राप्त होते हैं। ये कई प्रकार के हो सकते हैं जैसे-

जुगाड़ू खिलाड़ी..., ये वो खिलाड़ी होते हैं जो कैसे भी हो तीन के तेरह करने की जुगाड़ में बने ही रहते हैं। ये जीतने वाले के पत्ते पर भीतर-बाहर करके भी पूँजी जुटा लेते हैं। ये जुआ गढ़ के सर्वभक्षियों में गिने जाते हैं। इसीलिए इनकी इज्जत नहीं होती, परंतु अहमियत बहुत होती है। इनकी संख्या खेल को जीवंत बनाकर महत्त्वपूर्ण योगदान देने और खेल को रोचक बनाने में सहयोग करती है।

सहयोगी खिलाड़ी..., ये बड़े जुआरियों के पिछलग्गू होते हैं, और कैसे भी हो अपने घर खर्चे लायक तो कमा ही लेते हैं। कुछ ताश की

गड्डी, बीड़ी, गुटखा और सभी जरूरतों की चीजें लाने में भी कुछ बचा लेते हैं, और कुछ सामान उठाने में कमा लेते हैं। ये अघोषित अंगरक्षक की तरह अपनी ड्यूटी ईमानदारी से निभाते हैं।

पूँजीपति खिलाड़ी..., ये बहुत पैसे वाले, नौकरी करने वाले या जीते हुए जुआरी होते हैं। ये समय और हालातों के अनुसार परिवर्तनशील बने रहते हैं। ये अपने फायदे के हिसाब से छूट अर्थात पहले पत्ते पर खिलाने वाला जीतता तो है, परंतु हारता नहीं है। ये दस्सी, बिस्सी यानी कि दस-बीस पर्सेंट पर भी खिलाते हैं। जो इन्हें हारने पर इतने ही देने पड़ते हैं और जीतने पर ये पूरा लेते हैं।

वैसे तो लोग जूता उछालकर भी जुआ खेलते देखे गए हैं फिर भी ताश की गड्डी द्वारा खेले जाने वाले कुछ खेल प्रचलित और सर्वमान्य माने गए हैं। जैसे- माँगपत्ती, फलाश अर्थात तीनपत्ती, पपलू अर्थात मसाला (जो चार गड्डियों से खेला जाता है।) लकड़िया, चूसला, किटी आदि। (नोट- क्षेत्रीय स्तर पर इन खेलों के नाम, संख्या और तरीकों में अंतर हो सकता है। पाठक अपनी जानकारी और विवेक के उपयोग के लिए स्वतंत्र रहेंगे।) लाटरी, सट्टा भी जुए की ही लिस्ट में शुमार हैं, मगर इस विभाग के संभ्रांत जुआरी इसे खुदकुशी ही मानते हैं। कुछ का मत है कि जीतने का चांस कम-से-कम पचास परसेंट तो होना ही चाहिए, तब खेलने वाले कम-से-कम बेवकूफ तो नहीं कहलाएंगे।

क्रिकेट मैच पर लगने वाले सट्टे ने ताश वाले जुआरियों को अपनी ओर खींचा जरूर है, परंतु वो लौटकर फिर उसी जुआ गढ़ में लौट आते हैं, मैंच हमेशा तो नहीं खेले जाते, परंतु यहाँ रोज लोगों की किश्मत बनती-बिगड़ती रहती है।

प्रस्तावना के तौर पर यहाँ ये बताना जरूरी भी था ताकि पाठक समझकर आनंद ले सकें। क्योंकि यहाँ जुआ के मायने, उसके इतिहास, उसकी तकनीकी शब्दावली और खेल के प्रकारों के साथ-साथ वो तमाम चीजें, जो जरूरी होगीं आगे आएंगी।

2.

सुबह के चार बज चुके थे। छद्दन ने पान मसाले का पाउच फाड़ा और उसके साथ आई तंबाकू की पुड़िया भी, फिर दोनों के मिश्रण से गुटखा तैयार किया, जो एक ही बार में बिना किसी संकोच के उनके मुख में प्रवेश कर गया। पास ही बैठे उसी के हमपेशा ने हाथ बढ़ाया, तब तक देर हो चुकी थी। छद्दन ने आढ़ा-टेढ़ा मुंह बनाकर क्षमा याचना की, परंतु इससे उसकी तलब नहीं मिटी। उसने कुछ और चेहरे देखे, मगर कहीं से कुछ नहीं मिला। गेम अभी कुछ घंटे और चलना था इसीलिए किसी ने उदारता भी नहीं दिखाई क्योंकि इस ब्रह्ममुहूर्त में उन्हें कोई दुकान खुली मिलने की आशा भी नहीं थी। लिहाजा किसी ने रिस्क नहीं उठाई। इस समय बीड़ी, गुटखा ही एक मात्र ऐसा साधन था जो तनाव को सहने की अभूतपूर्व शक्ति प्रदान करता है जिससे खिलाड़ी की एकाग्रता बनी रहती है।

उसने इधर-उधर नजर दौड़ाई तो एक भूला बिसरा बीड़ी का बंडल किसी के उतारे गए कुर्ते के नींचे से झाँकता मिल गया। उसकी आँखें में चमक आ गई और उसने लपककर उठा लिया। चमक चारों ओर फैली और बंडल के खत्म होने में देर न लगी। सभी ने एक एक सुलगा ली। गुटखे की पिच्च के साथ धुँये के गुबार उठ रहे थे। बेगम अब भी कहीं गहरी अटकी थी, और साँस भी। दाँव बढ़कर इतना हो गया था कि किसी गरीब की बेटी का ब्याह हो जाता। तभी किसी ने कहा, ''बहुत गहरी है बाहर गिरेगी।'' मगर उसकी बात किसी ने नहीं सुनी। सभी पूर्ण एकाग्रता से पत्तों का गिरना देख रहे थे। तभी,

''ये मरी।'' कहकर गड्डी फेंकते हुए उसने नोट समेटे और पंजे के नीचे दबा लिए। सुनाकार खिंच गया। सभी एक दूसरे का मुंह देख रहे

थे। कुछ देर में सब सामान्य हो गया। गड्डी को उठाकर सामने वाले ने किर्र मारी अब उसे ही गड्डी काटनी थी। ये उसका टोटका था। उतरे चहरों पर फिर आशा की लहर उठी। खेल पुनः उसी रास्ते था। कुछ बाहर-भीतर कर गड्डी काटने लायक पूँजी बनाने में लगे थे। और कुछ एक ही दाँव में रात भर की मेहनत दे कर निकल लिए थे। ये सोचकर कि घंटे, दो घंटे की नींद ही मिल जाए तो बहुत है, और कुछ हारकर वहीं लम्बलेट होकर सोने का उपक्रम कर रहे थे, परंतु असल में वे अगले दिन की जुगाड़ बना रहे थे कि पैसे कहाँ से और कैसे मिलेंगे?

वहीं बैठे सुख्खन ने जेब टटोली, ''पाँच-सात सौ तो होंगे ही।'' सोचकर उसने घर की राह पकड़ी। दौड़-भाग कराने में रात निकल गई थी। नींद अब जबरदस्ती कर रही थी। और फिर उसे अगले दिन के लिए तैयार भी तो होना था। सुख्खन अब खेलता नहीं था। सुना है पहले नामी जुआरी हुआ करता था। पत्ता पलटा तो ऐसा पलटा कि लौटा ही नहीं; वर्तन भाँड़े तक बिक गए। तब उसे ये सहानुभूतिजन्य काम मिल गया। जिसे वह पूरी ईमानदारी से चुटकियों में कर देता है। गुटखा, बीड़ी, सिगरेट, शराब से लेकर जो भी खिलाड़ी माँगते वह उपलब्ध करा देता। इससे भी उसे कुछ आमदनी हो जाती थी और कुछ जीतने वाले खुशी-खुशी दे जाते थे। जिसने हजारों, लाखों के दाँव खेले हों उसे ये सब भायेगा तो नहीं, परंतु पेट कराये सो सब ठीक ही है।

अब वो समय नहीं रहा जब जुआ खेलना खराब माना जाता था। पुलिस पकड़कर, सरे राह जुतियाकर एकाध किलोमीटर की रैली निकालती थी और 'जुआ खेलना पाप है पुलिस हमारी बाप है।' के नारे लगवाती थी। प्रत्यक्षदर्शी और भुक्त भोगी जब हँसकर अपने पुलसिये रेड के अनुभव सुनाते हैं तो गजब ढ़ाते हैं। नोट सूखे पत्तों के तरह उड़ते दिखाई देते हैं, और खिलाड़ी पूरे जोशो-खरोश से ऐसे भागते, कूँदते बाधाओं से निपटते हुए आगे बढ़ते हैं कि ओलंपियन भी शरमा जाएं।

पुलिस के तो दोनों हाथों में हमेशा लड्डू-ही-लड्डू होते हैं। जुआरियों को पकड़ लिया तो जुए के पैसों के साथ-साथ छोड़ने के पैसे भी बना लिए जाते हैं। और भाग लिए तो कुछ तो छोड़कर जाएंगे ही। कुल

मिलाकर उनकी मेहनत बेकार नहीं जाती। फिर भी जुआ न कभी बंद हुआ है और न कभी होगा। ढहाये गए गढ़ों को बनने में कितनी देर लगती है। ये वो स्थान है जहाँ पर कइयों की तकदीरें लिखीं जाती है, और लिखने वाले वो स्वयं ही होते हैं।

असल में सरकारी नौकरी को छोड़ दें तो ये कम्बख्त जिंदगी ही एक जुआ है। जहाँ भी देखो रिस्क तो होती ही है। कोई बिजनेस करो तो वो चल ही जाए, ये जरूरी तो नहीं है? बस, ट्रक खरीदो तो चले न चले? इसलिए महीनों के काम और इंतजार के बाद लौट के बुद्धू घर को आए तो क्या आए? जब जुआ खेलना ही है और सफलता-असफलता को देखना ही है, तो क्यों न दो-चार या दस घंटों में ही देख लिया जाए, कम-से-कम समय तो बचेगा। इसी दर्शन को आत्मसात करते हुए केशू भाई पंडित ने भी बावन पत्तों से दिल लगा लिया था। तभी से उन्हीं की बफा और बेबफाई के बीच लटके हैं। वैसे भी इनके पास कोई और काम-धाम तो था नहीं, बाप-दादा भी ठीक-ठाक जमीन जायदाद छोड़ गए थे। जिसे बटाई पर देकर वे चैन की जिंदगी काट रहे थे।

ये ऐसे ही एक जुआ गढ़ के अदने से सिपाहसालार हैं, मगर स्वतंत्र रूप से कार्य करने में विश्वास रखते हैं। जो खेल में दो-चार हजार से दस-बीस लाख तक की सीमा तक जाने की क्षमता रखते हैं। और साथ ही समांतर एक अपनी गढ़ी भी बनाए रखते हैं ताकि छोटे-मोटे जुआरियों को छूट आदि खिलाकर कड़की के दिनों में दाल-रोटी की जुगाड़ अर्थात घर का खर्चा तो चलता ही रहे।

सुबह-सुबह ऐसे ही किसी नियमित अभियान पर जाने से पहले नहाधोकर पूजा-पाठ से ईश्वर को प्रसन्न कर केशूभाई निकले ही थे कि बच्चू गुप्ता ने रामजुहार कर रोक लिया। नाटी कदकाठी और भरे हुए चेहरे पर दोहरा चंदन सोह रहा था, और केशूभाई हमेशा की तरह पैंटशर्ट ही पहने थे। जिसे देखकर बच्चू बोला,

''महाराज नहाकर रेडी हैं। आजकल क्या चल रहा है? सुना है तुम्हारे हालात फुक्क वाले चल रहे हैं?'' पूछकर बच्चू ने मँहगे पान मसाले की पुड़िया मुंह में डाली और उसके खाली पाउच की एक गोली

बनाकर उसे नाली में फेंक दिया, उसके बाद दो बीड़ी सुलगाकर एक मुंह में दबाकर दूसरी केशूभाई की तरफ बढ़ा दी। जिसे ससम्मान ग्रहण करते हुए उन्होंने बड़े गर्व से कहा,

''बीस लाख की होरी जल गई तीन दिना में।'' कहते हुए एक लम्बी साँस खींची केशूभाई ने। तभी अपने मकान से निकलते हुए शिब्बू ठाकुर केशूभाई को देखकर, ''सदा मगन में रहना जी, कोई दिन हाथी कोई दिन घोड़ा कोई दिन पैदल चलना जी'' गीत गुनगुना रहे थे। जिसकी ध्वनि केशूभाई के नजदीक आकर थोड़ी और तेज हो गई थी। सुनकर केशूभाई ने मुस्कुराहट बिखेरी। सहज हास्यबोध ने माहौल से तनाव को हटाकर बेफिक्री घोल दी थी।

शिब्बू पास आकर बोले, ''अब तो आग लगा लो यार। पेट गचगचा रहा है। रोटी रात तीन बजे खाई थी।'' सुनकर बच्चू ने एक बीड़ी जलाकर शिब्बू की ओर बढ़ा दी। जिसे लेकर उन्होंने होंठों से लगाई और जमाने की फिक्र को धुँए में उड़ाया। तभी केशूभाई का मोबाइल बज उठा। नजरों ने नंबर टटोला, उँगली हरकत में आई और फिर मोबाइल कान से लगाकर केशूभाई अपने नियत स्थान की ओर बढ़ गए।

''यार बच्चू ये केशू कैसा आदमी है? बीस लाख रुपए के अरीब-करीब पूँजी हो गई थी। कोई छोटा-मोटा मकान ही खरीद लेता। इधर-उधर भटकता फिरता है। नहीं तो बाल-बच्चों के नाम ही कुछ रकम बैंक में डाल देता तो आज फट्टा झरा कर न बैठता।''

''हबसी है साला। अभी पत्ता चल रहा था तो माताटीला बाँध पर पार्टी दी थी इसने, दारू मुर्गे में तीस पैंतीस हजार उड़ा दिए थे। अख्खे पुजारी ने बताया था। वो भी शामिल थे।''

''महाताई...चु... मिलती। वो तो जमीन-जायजाद है। इसलिए ये बातें हैं।'' शिब्बू ठाकुर ने गालियों के साथ यथार्थ कह दिया था। जिस पर सहमति स्वरूप बच्चू ने हाँ में सर हिला दिया था।

''शाम को चल रहे हो, सुना है धीरूभाई के यहाँ बड़ी मालदार पार्टियाँ आ रहीं हैं।''

"यार शिब्बू, इस समय हालत पतली है। दस पाँच हजार रखे भी थे, परंतु उसमें से रात को तेरी भाभी ने चार हजार साफ कर दिए।" बच्चू ने मजबूरी बता दी।

"ये तो कोई बात नहीं हुई। कहो तो पच्चीस-पचास का इंतजाम करवा दें। जीत गए तो उसी दिन दे देना। नहीं तो दो परसेंट तो देना ही पड़ेगा। सोच कर बताना। अभी तो नींद ले ली जाए।" कहकर शिब्बू ने घर की ओर रवानगी ली। बच्चू बीड़ी सुलगाकर विचार मग्न हो गए थे।

शिब्बू और बच्चू दोनों एक ही उम्र और कद काठी के जवान थे। शादीशुदा और बालबच्चों वाले, मगर दोनों की अर्थव्यवस्था भिन्न थी। शिब्बू ने जमीन जायजाद में बढ़ोतरी कर ली थी। वहीं बच्चू ने दो चार बीघा जमीन बेच ही ली थी। इतने पर भी जिंदगी जलबों के साथ कट रही थी। भविष्य किसने देखा है? बच्चू तो आज में ही रमे हुए माल छान रहे थे।

बच्चू को काम पर से लौटे चार-पाँच महीने ही हुए थे कि उसके हालात फिर उसी राह पर चल निकले थे। जब वह यहाँ से गया था तब जमीन की रजिस्ट्री कराकर और लड़-झगड़कर गया था।

वैसे जब खिलाड़ी पर पत्ते मेहरबान हों तो उसके सामने राजे महाराजे भी पानी माँगते हैं। शौक बड़ी चीज है, मगर बच्चू के परिवार के लिए शौक ही सब कुछ था। पत्तों ने मुंह फेरा लिया, मगर शौक जस के तस ही बने रहे। माल छानते हुए किसी ने नहीं सोचा कि ये कहाँ से आ रहा है? भेद तो तब खुला जब कई फायनेंसर द्वार पर धरना दिए बैठ गए थे। जिन्होंने समय-समय पर बच्चू की कई रातें फायनेंस की थी। नतीजा यही हुआ की उन्होंने उँगली टेढ़ी की और इधर जमीन गई।

साल छः महीने में बात आई गई हो गई थी। और फिर दैहिक मानसिक जरूरतें भी तो कोई चीज होती है।

जहाँ चाह है, वहाँ राह भी है। शाम को शिब्बू और बच्चू धीरूभाई के 'जुआ गढ़' के दरबार में उपस्थित थे। महफिल जम चुकी थी। भले ही सरकार ने जुए पर जी.एस.टी. नहीं लगाई थी, मगर धीरूभाई ने अपना जुआकर अर्थात सर्वसुरक्षाकर बढ़ाकर पूरे पाँच सौ कर दिया था।

उनका कहना था कि सभी ने अपने अपने रेट बढ़ा दिए हैं। बच्चू भी अपना कर भुगतान कर मैदान में उतर पड़े। शिब्बू ने बच्चू को पचास हजार के करारे नोट बगैर किसी लिखा-पढ़ी के चुपचाप दे दिए थे। दुनिया में ईमानदारी और विश्वास अब भी मौजूद तो है ही, परंतु हर धंधे में रिस्क तो होती ही है। इस धारणा पर सभी जुआरियों, फायनेंसरों का विश्वास पत्थर की लकीर जितना दृढ़ है।

उस दिन भाग्य बच्चू के साथ था। बेगम बाहर गिरी तो गिरी ही नहीं। दो तीन चकरी लगा कर बच्चू लखपति बन गए थे। शिब्बू की दुरी ने दगा दे दिया था। जब दुरी रूठी तो हर एक पत्ता उसी के साथ हड़ताल पर जा बैठा। गाँठ की रकम गई और बच्चू का ब्याज सहित कर्ज भी चुक गया, मगर बात नहीं बनी।

छूट डालने वालों के छक्के छूट गए। आज दिन खेलने वालों का था। दो तीन घंटे में ही सब तीन तेरह हो गए। बच्चू ने शान से पनीर और रसमलाई पैक कराई और घर की ओर चल पड़े। आज जश्न की रात थी।

रात तो मौजमस्ती में कटी ही थी, सुबह भी उसी अनुपात में प्रसन्नचित्त थी। बच्चू के फेवरेट आलू के पराँठे बनाते हुए चिंटू की मम्मी ने कहा, ''कान के वाला टूट गए हैं। कहो तो नये ले आएं।'' कहते हुए एक लम्बी मुस्कुराहट बिखेर दी चिंटू की मम्मी ने। बच्चू का दिल मचल गया। रात की पनीर और रसमलाई का स्वाद अब भी जहन से उतरा नहीं था कि सामने आलू के परांठे महकने लगे थे। बच्चू चटाई खींचकर वहीं जम गए। हरे धनिया और लहसुन की चटनी के साथ रात की बचीखुची रसमलाई भी थी। दो तीन कौर खाकर बच्चू ने पूछा, ''कित्ते चहिये?''

''बीस से का कम आहें।'' चिंटू की मम्मी ने मुंह बनाते हुए कहा। तब तक तीसरी बार पाखाने से लौटकर बड़ा लड़का पिंटू भी पापा के साथ खाने बैठ गया था। वह रात को कुछ ज्यादा ही खा गया था।

''बीस कम तो नहीं पड़ेंगे?'' हजार-हजार के पच्चीस नोट गिनते हुए बच्चू ने कहा। इससे पहले कि चिंटू की मम्मी कुछ कहतीं ठुनकते हुए पिंटू बोल पड़ा। ''पापा हमऊं लें नये कपड़ा।''

''ठीक है ले लेना।'' कहते हुए एक हजार का नोट और बढ़ा दिया बच्चू ने, जिसे चिंटू की मम्मी ने सहर्ष स्वीकार कर लिया। सात आठ परांठे खाकर बच्चू दिनभर के लिए फुरसतिया गए थे। जेब में रखे पैसे अब उन्हें काटने लगे थे। बच्चू ने घड़ी देखी, ''अभी तो दस ही बजे हैं और खेल तो दोपहर के बाद ही शुरू होगा, तब तक सो लिया जाए।'' यही सोचकर चारपाई पर पसर गए बच्चू, जो रात को भी कुछ देर से ही सोये थे।

3.

तीनों तरफ से खुली गलियों से घिरे एक दस बाई बारह के कमरे में भीड़ जुटने लगी थी। जिसे धीरूभाई अपने कार्यस्थल के रूप में इस्तेमाल करते आ रहे थे। जो किसी किले की तरह सुरक्षा की भी दृष्टि से उपयुक्त स्थान था। कहीं कभी पुलिस की दृष्टि वक्र भी हो तो भागने में परेशानी न आए। गढ़ कोई भी हो जरूरत पड़ने पर भागने की व्यवस्था तो होनी ही चाहिए। इस बात की उपयोगिता देखकर ही इस उत्तम स्थान का चुनाव किया गया था।

कभी-कभी तो संख्या बीस पच्चीस के पार तक पहुँच जाती थी। तब थोड़ी असुविधा जरूर होती थी, परंतु खेलते समय इन सब बातों का ध्यान ही किसे रहता है। गुटखा थूकने के लिए रखी रेत से भरी बाल्टी अक्सर ही दुरूह लक्ष्य साबित होती थी, जिसके परिणाम स्वरूप उसके आस-पास का एक मीटर का एरिया रक्ताभ हो गया था। धुँये से गंधाते माहौल में जब बेगम फँसती तो सत्ता पलट जाती। राजा रंक हो जाता और रंक राजा!

सारे 'जुआ गढ़' में खुशी की लहर दौड़ गई थी। छद्दन अपने छोटे मगर रंगीन प्रवास से लौट आए थे। छद्दन मतलब मोटी मुर्गी। जिसके लिए पैसा मतलब कुछ भी नहीं! हजार पाँच सौ तो वैसे ही फोकट में लुटा देता था। मगर मिजाज का रंगीन था और जुआरियों का रोलमॉडल।

खेल शुरू होने में अभी देर थी। इसलिए बात छद्दन की छिड़ गई। चर्चा थी कि इस बार उसका हफ्ता गोवा की रंगीनियों में गुजरा। सबसे ज्यादा सुख्खन खुश था। किलकते हुए बोला, ''चार लाख पर हाथ मारा था। लाख खाँड उड़ा भी दिए तो कौन-सा गजब हो गया?''

''चुप रह छद्दन का चमचा, हजार-दो-हजार मिल गए होंगे, तभी उसी की बजा रहा है।'' बीड़ी सुड़कते हुए भीखू ने कहा।

''साले हरामी... तेरे पेट में क्यों पीर उठ रही है? और मैं तेरी तरह एहसान फरामोश नहीं हूँ कि जिस थाली में खाता है छेद भी उसी में करता है।'' गुस्से में सुख्खन बहुत कुछ कह गया था। सुनकर भीखू भी फुनफुना उठा था,

''मैं अच्छी तरह जानता हूँ तुझे और तेरे छद्दन को, और फिर जो अपने मताई-बाप का न हुआ वो किसी और का कैसे होगा? पइसा तो रंडियाँ भी कमाती हैं, मगर रहती रंडियाँ ही हैं। भलमनसाहत भी कुछ होती है। और फिर दुनिया इतनी बेवकूफ नहीं है! ...मीठे बोल बगल में छुरियाँ।''

भीखू और छद्दन में छत्तीस का आँकड़ा है, ये सभी जानते थे। बात खतरे के निशान तक आगे न बढ़े इसीलिए एहतियातन सभी ने गम थम करा दी थी। उसके बाद बात का रुख गोवा के बीच पर लेटी अर्धनग्न बालाओं और विदेशियों की गौरवर्णा देह की तरफ मुड़ गया। वहाँ उपस्थित लोगों के कल्पना लोक में विचरते हुए मन पर उठतीं लहरों की बूंदें साफ झलक रहीं थीं।

''क्यों मरे जा रहे हो लो देख लो।'' बच्चू ने यूट्यूब खोलकर सबके सामने कर दिया। सभी उस की छह इंच की स्क्रीन को आँखें फाड़कर घूर रहे थे। लोग वीडियो देखकर छद्दन की तकदीर से जलन का अनुभव कर रहे थे।

बच्चू के सितारे आज भी बुलंदी पर थे। शाम तक बीस हजार और छाप लिए गए थे। और फिर वह खेल छोड़कर घर की तरफ निकल आया। शिब्बू के सितारे आज भी गर्दिश में बने रहे; आँकड़ा लाख के पार जा चुका था। छद्दन का आना उस पर और भारी पड़ा। हबस में कुछ बड़े दाँव खेल बैठा और सब कुछ हार गया।

बच्चू ने लौटते समय भीखू को आवाज दी तो वह भी साथ हो लिया। बाजार में आते ही दोनों चाय के होटल की तरफ मुड़ गए। नौकर दो गिलास चाय रख गया था। ''दो समोसे दो जगह भेज देना।'' बच्चू ने कहकर गिलास उठा लिया था। दोनों खाते हुए चाय का मजा ले रहे थे।

''यार भीखू तुम कह रहे थे, 'सुख्खन अपने मताई बाप का न हुआ तो किसका होगा!'' ये बात कुछ समझ में नहीं आई?'' बच्चू ने फुसलाकर पूछा।

''सच ही कह रहा था। ये साला जितना महान बनने की कोशिश करता है उतना ही कमीना है ये! मैं तो इसी के मुहल्ले में रहता हूँ और इसके बाप मताई की तंगहाली रोज देखता रहता हूँ। बेचारे बीमार हो जाएं तो दवाई न जुरे।'' भीखू ने कहा। उसके शब्दों से घृणा टपक रही थी।

''तुम कहते हो तो सही ही होगा। अपने दिनों में इसने भी हजारों रुपए शौक और घूमने-फिरने में उड़ा दिए। ये तो पैसे वाला था फिर भी, अपने मताई-बाप के साथ ऐसा व्यवहार करेगा सोचकर भी दुःख होता है, सचमुच कमाल है!'' बच्चू ने आश्चर्य प्रकट किया।

''कम्बखत की तभी तो ये नौबत आई! मां-बाप की दुआएँ तार देतीं हैं और इसने तो बद्दुआएँ ही बटोरीं हैं। इसने तो बहिन की शादी और भाइयों तक की पढ़ाई के खर्चे के पैसे के बदले में उनसे जमीन तक नाम लिखवा ली। अगर पेंशन न होती तो क्या होता इनका? मैं तो सोचकर ही काँप जाता हूँ। दुनिया बहुत कमीनी है बच्चू भाई, यहाँ बाप बड़ा न भईया, सबसे बड़ा रुपईया।''

''सच कहते हो, पर अपुन को क्या? भाड़ में जाएं।'' बच्चू ने कहा।

''इसके मीठे बोलों पर मत जाना। बहुत जहरीला है! इससे दूसरे का भला होते कभी नहीं देखा जाता। ये आपस में भी बड़े गेम खेलता है।'' कहकर एक व्यंग्य भरी मुस्कान बिखेरी भीखू ने, और दोनों उठ खड़े हुए।

भीखू भी छद्दन से किसी बात में ज्यादा कम नहीं था, न जूते में और न पैसे में। वह जुआ तो नहीं खेलता था, परंतु फायनेंसर बड़ा था और पढ़ा-लिखा भी था। बेरोजगारी में जो मिला कर लिया, मगर अब

करोड़ का आसामी है। जिसने अभाव देखे हों, वह कंजूस हो जाए ये कोई बड़ी बात नहीं है, परंतु भीखू स्वभाव से कुछ ज्यादा ही चमचोल था। उसे किसी के कुछ भी कहने-सुनने से कभी फर्क नहीं पड़ा। बच्चू ने पैसे दिए और घर को निकल आया।

कहते हैं कि जुआरी हार कर बड़ा सज्जन और समझदार हो जाता है। पैसे थे नहीं जो खेलने के लिए प्रेरित करते, लिहाजा शिब्बू आज सुबह से ही कपड़े धोने में लगे थे। कई दिनों की व्यस्तता ने उन्हें गुटखा और तमाम प्रकार के दागों से भर दिया था। जिसे वो धोने का प्रयास कर रहे थे। वैसे तो शिब्बू ठाकुर का मानना है कि घर के काम-काज के लिए घरवालियाँ ही होती हैं, जिन्हें पैसे के दम पर बोतल में उतार कर रखा जा सकता है। फिर भी एकाध बार कुछ भी करने से उनकी आदत नहीं बिगड़ती और ये एकाध बार अक्सर हारने के बाद ही आता था।

तभी किसी और की गाड़ी पर लटककर छद्दन शिब्बू के द्वार आ पहुँचे थे। उनका अंदाज करोड़ों की संपत्ति हो जाने पर भी नहीं बदला था। आज भी अंदाज वही, थोड़ी कंजूसी वाला ही था। जिसके पीछे उनकी एक फैलोसफी थी कि जुआरी कभी भी कंगाल या मालामाल हो सकता है इसलिए उसे घमंड नहीं करना चाहिए। मगर जब कभी वो भावुक हो जाते तो अपने भुखमरी के दिनों को जरूर याद करते थे, जब न रोटी थी और न इज्जत। आज जो भी था सब जुए की ही महिमा थी। लोग ऐसा ही समझते थे अंदर की राम जाने!

छद्दन ने शिब्बू को आवाज दी। ''शिब्बू... अरे ओ शिब्बू!'' सुनकर शिब्बू ने सारे काम उसी क्षण छोड़ दिए क्योंकि वो जानते थे कि छद्दन ने देख लिया तो जोरू का गुलाम साबित होने में देर नहीं लगनी थी। और वह इसे दुनिया भर में कहता फिरेगा सो अलग।

''आया बड़े भाई।'' कहते हुए हाथ में पानी की बोतल और गिलास चपेटे शिब्बू बाहर आ गया।

बैठक के गेट खुलने में देर लगी तो शिब्बू गरजा, ''भोसड़ी की ये औलाद कुछ काम की नहीं है, परंतु खाने-पहनने को ए-वन चाहिए।''

''साले ये जुआरियों के बच्चे होते ही कुबरियाँ के हैं। कबाड़ी तो

होंगे ही! ये अपने से बड़े खिलाड़ी निकलेंगे, देख लेना।'' छद्दन ने अपने मन की पीड़ा उड़ेल दी।

''कुबरियाँ मतलब?'' शिब्बू ने पूछा।

''रात्रि बारह से चार, मतलब तब निशाचरीं शक्तियाँ प्रबल होतीं हैं। और अपुन खेलकर लौटते भी तो उसी समय है।'' कहकर छद्दन ने ठहाका मारा। शिब्बू सोचकर कोई सुराग खोज रहे थे तब तक चाय बनकर भी आ गई।

छद्दन को कप पकड़ाते हुए शिब्बू ने कहा, ''महाशय कल ताश खेल रहे थे, गिनती के पचास जूते मारे। वैसे भी हम तो झक मार ही रहे हैं यही पढ़-लिख जाएं तो ठीक है। आखिर में जुआरी तो जुआरी ही होते हैं; साला कोई भी दो कौड़ी का पुलिस वाला पकड़ कर चार लातें पिछवाड़े लगा दे।''

''अरे पुलिस से याद आया कि कल शाम उस इज्जतदार को पुलिस लतियाकर जीप में डालकर ले गई। पपलू खिला रहा था। जमानत करवानी पड़ी तब कहीं छूटा। थानेदार ने वहीं रफादफा करने के लिए बीस हजार नहीं लिए थे। थानेदार ईमानदार लगता है!''

''साला बनता भी बहुत सयाना था! ठीक ही हुआ। वो है भी इसी लायक! और फिर इस उमर में ये टुच्चई अच्छी नहीं लगती।'' शिब्बू कह ही रहा था कि उसके लड़के ने कहा। ''पापा आज के अखबार में भी है। किसी सूरज सेठ को पकड़ा है पुलिस ने; मैंने पढ़ा था।'' कहकर वह दौड़कर अखबार ले आया।

''है तो।'' छद्दन ने देखकर कहा।

''मुखबिरी किसी ने तो की ही होगी वरना पुलिस इतने छोटे खेल पर हाथ नहीं डालती।'' शिब्बू ने कहा।

''शायद कोई पुरानी चुनावी रंजिश है। सुनने में तो यही आया है, और फिर उनकी भगवान जाने!''

''छोड़ो यार... सब अपने कर्मों का फल भोगते हैं।'' शिब्बू ने कहा।

''अरे! बातों-बातों में, मैं जरूरी बात तो भूल ही गया। कल झाँसी चलोगे साठ चालीस पर खेलेंगे जीत आधी-आधी।'' छद्दन ने कहा।

''ठीक है। पैसे का इंतजाम करता हूँ। अभी तो गाड़ी गड्ढे में है।'' शिब्बू ने दुखी होकर कहा।

''तू रोना नहीं छोड़ सकता! कल ग्यारह बजे तैयार रहना। गाड़ीं भेज दूँगा।'' कहते हुए छद्दन बाहर निकल आया।

छद्दन के चले जाने के बाद शिब्बू बड़ी देर तक सोचता रहा। और फिर अंततः वही निर्णय लिया जो हर परिपक्व खिलाड़ी लेता है कि ''चलो किश्मत आजमाते हैं; और हमें कौन-सी दफ्तरी करनी है!'' बड़बड़ाते हुए शिब्बू ने रुपए निकालकर जेब में रख लिए, ताकि ऐनवक्त पर परेशानी न हो।

4.

अभी कुछ ही महीने तो गुजरे थे कि छद्दन और शिब्बू की दोस्ती खूब परवान चढ़ने लगी थी और खेल में साझेदारी से दोनों जमकर नोट कूट रहे थे। दस बीस परसेंट हिस्सेदारी होने पर भी शिब्बू ने अच्छी पूँजी जुटा ली थी। ऐसी सभी जगह चर्चा थी।

वैसे तो जुए की पूँजी और भूतिया आग बराबर की ही होती है, और ये जानते सब हैं, मगर मानता कोई नहीं है। छद्दन की धाक जम चुकी थी। नये मॉडल की चमचमाती कारें शरीफों और छोटे-मोटे खिलाड़ियों के दिलों में भले ही आग लगा रही हों, परंतु नये लोगों को इस पेशे में आने के लिए लुभा भी रही थीं। ये पेशा भी राजनीति की तरह ही मालामाल तो कर देता है, परंतु उसकी तरह स्थायित्व नहीं देता है और न इज्जत। बस यही एक बात इसके विरुद्ध जाती है वरना जुआ तो फिर जुआ ही है।

हारने वाले तो मरी आग से राख में दबकर रह जाते हैं, परंतु छद्दन का वैभव इस समय जलती आग सा दहक रहा था। जिसकी गर्मी सारा कस्बा मेहसूस कर रहा था।

चुंबक जैसे चुंबक को खींचता है, नेशेड़ी, नशेड़ी को, ठीक वैसे ही जुआरी जुआरी को खींचता है। इसी खिंचाव से प्रेरित होकर बच्चू, केशू, रज्जू, खड़के सर्द सुबह की कुनकुनी धूप में गर्माहट का आनंद लेते हुए रात के खेल की समीक्षा कर रहे थे। रात के खेल में लुटे सब थे। कोई बाहर की मालदार पार्टी आई थी उसे काटने गए थे, मगर वो इनसे और बड़ा खिलाड़ी निकला; गजब का शातिर! उलटे सब की हजामत कर गया। सभी मिलकर सुबह-सुबह सामूहिक अफसोस मना ही रहे थे तभी शिब्बू भी आ गया। ये लोग उसे भी चर्चा में शामिल करना चाह ही रहे थे, परंतु वह अपनी ही समस्या लेकर बैठ गया।

"यार कहीं किराये पर अच्छा मकान हो तो दिलवाओ। दो चार दिन में ही शिफ्ट करना है।"

"क्यों क्या हुआ? तेरा घर तो बड़ा है।" केशू ने कहा।

"यार रोज-रोज की खोंचड़ से मन भर गया है। शुकून तो सभी को चाहिए। लुटते, लुटाते रहो तो अच्छे हो, कहीं अपने हक की बात कर दी तो सब गड़बड़ है!" शिब्बू ने कहा।

"तुझे ठीक लगे तो यहीं देख लो; ये बगल वाला अभी कुछ दिन पहले ही खाली हुआ है। जमे तो ले लेना!" सुनकर शिब्बू ने तुरंत उसे देखने की इच्छा जाहिर की। जिन्होंने शिब्बू के साथ धूप से मुंह मोड़ने की हिम्मत दिखाई वो मकान देखकर और बयाना देकर ही लौटे। जहाँ चार हम पेशा हों वहाँ तो रहना मतलब आनंद-ही-आनंद है। शिब्बू को और क्या चाहिए था!

शाम को मैटाडोर में लदा सामान उतार रहा था। रात्रि जागरण और सभी के सहयोग से शिब्बू अन्ततः बच्चू, केशू, अख्खे, उम्मीद, राजा आदि के पड़ोसी हो ही गए थे।

सभी के एक ही मुहल्ले में एक ही जगह रहने के फायदे दिखने लगे थे। जिसका एक फायदा यह था कि अगर कहीं कोई आसमानी सुल्तानी समस्या आ भी जाए तो दिन खाली नहीं जाता। वहीं कहीं भी फट्टी बिछाई और हजार दो हजार में ही दिन कट जाता था, और उसी

से जीतने वाले का खर्च भी चलता रहता था। सुबह शाम बैठकर हार जीत पर समीक्षात्मक परिचर्चा भी हो जाती थी।

परिवर्तन तो प्रकृति का नियम होता है। इस मुहल्ले में भी बहुत बदलाव हुए थे। कुछ धीरे-धीरे और कुछ बहुत तेज। धीरे-धीरे वो हुए थे जिसमें बच्चे पढ़-लिख कर नौकरी करने के लिए बाहर चले गए थे। और दूसरे जो नहीं पढ़े थे वो और जल्दी समझदार हो गए थे। उन्होंने जल्दी धनवान होने के कुछ नुस्खे अपनाये जिनमें तमाम ताबीजों, टोटकों से लेकर कछुआ वाली अँगूठी भी शामिल थी। और कुछ ने जुए में इनवेस्टमेंट किया, मगर हालात इतनी तेजी से बदले कि रोटी भी भारी पड़ने लगी। तब सोच-विचार कर इसकी टोपी उसके सर और उसकी टोपी अपने सर रखकर ऐश करने का हुनर, अगर किसी ने सीखा था तो वो थे अपने डॉक्टर साब, जो शब्दों की छुरी से मख्खन लगाकर कब किसकी सर्जरी कर दें ये तो पेसेंट को भी तब मालूम चलता था जब बात हाथ से निकल चुकी होती थी, और वह साँप के मुंह में छछूँदर सा फँस चुका होता था। खैर... उस फंदे से बाहर निकलते-निकलते उसका बहुत कुछ निकल जाता था, मगर डॉक्टर साब की सेहत जस की तस ही बनी रही। उनके इसी हुनर के कारण ही उन्हें ये डॉक्टरेट उनके जानने पहचानने वालों और भुक्तभोगियों ने मानद स्वरूप प्रदान कर दी थी। जिसे उन्होंने भी बिना किसी हील हुज्जत के धारण भी कर लिया था। इनके बिना मुहल्ले की रौनक अधूरी रहती थी। ये जब भी उपस्थित रहते, बेबाक ही होते हैं और जो इनके निशाने पर होता है उसे बातों-बातों में आसमान से उठकर जमीन पर उतारकर ही दम लेते। इनकी एक खासियत और है जो मूड बनने पर डबल मीनिंग कॉमेडी के रूप में जबरिया बाहर आ ही जाती है।

भले ही इनके पास कुछ और हो न हो, मगर डॉक्टर साब ने रहीसी जन्मजात ही पाई थी, जिसकी पूर्ती हेतु वो कुछ भी कर सकते थे। सामने वाला उन्हें मौका दे या न दे, ये मौके बनाने में उस्ताद माने जाते हैं। जहाँ ये भेदभाव रहित होकर कार्य करते हुए अधिकाँशतः सफल ही होते हैं। सामने भाई-बहन, दोस्त-यार कोई भी हो इससे इन्हें कभी

फर्क नहीं पड़ा। आज सुबह इन्हीं पर चर्चा छिड़ी थी; कोई नया बकरा फाँस लाये थे। देखकर ही कुछ लोगों के पुराने जख्म दु:खने लगे थे, मगर वो मौन थे।

''सुना है डॉक्टर आजकल रात-बिरात गेंती फाँवड़े बजा रहे हैं। कई टीले, किले, खँडहर खोद डाले हैं।'' केशूभाई ने कहा।

''अपने डॉक्टर साब हैं जो करें सो ठीक हैं!'' बच्चू ने चुटकी ली। तभी डॉक्टर साब भी अपनी बालकनी में प्रकट हुए। देखकर शिब्बू ने आवाज लगाई।

''डॉक्टर साब, रात की मेहनत सफल रही कि फाँवड़ों की धार ही दौंथरी करते रहते हो।''

''वो तो फार्च्यूनर आएगी तब पता चलेगा! तुम जैसे टुच्चे पुच्चों को तो पर्ची देकर मिलना पड़ेगा।'' कहते हुए डॉक्टर भी नीचे उतर आए।

''इससे तो गेम ही अच्छा था डॉक्टर साब, किस चूतियाई में पड़ गए! तुम जैसे कई डेल पत्थर सो फेंक रहे हैं; ध्यान रखना।'' चेतू चौधरी ने अपने अनुभवों के फूल झाड़े।

''डॉक्टर भी जाने कहाँ-कहाँ से नमूने पकड़ लाता है। कम्बखत ने चार, चार आँगुर कहकर दस फुट खुदाई करा दी, लोहे की कील भी नहीं मिली।'' कमर को आड़ी तिरक्षी करते हुए डॉक्टर के पार्टनर झब्बू ने कहा।

''बस ये आखिरी था।'' डॉक्टर ने निराशा से भरे मन की पीड़ा व्यक्त की।

''इससे तो आच्छा है कि डॉक्टर साब कुछ नाम के अनुरूप ही कुछ और कला जगायें। इसमें सफलता के चाँस कम ही हैं।'' शिब्बू ने भी फुलझड़ी छोड़ी।

''उड़ालो हँसी; अपना भी समय आएगा!'' कहते हुए डॉक्टर ने केशू की जेब से गुटखा खींच लिया और तत्काल उसे अंतिम गति तक पहुँचाया। तत्पश्चात घड़ी में दस बजने की घोषणा कर अपने गंतव्य की ओर बढ़ गए। उनके कहने का मतलब था कि सब अपने-अपने काम देखो इन बातों से कुछ नहीं होने वाला।

शिब्बू कुछ दिनों से परेशानी महसूस कर रहे थे और ये परेशानी उन्हें अपना घर छोड़ कर हो रही थी। मकान मालिकों के अपने नियम-कानून होते है जो किरायेदारों पर सशर्त लागू होते हैं। ऐसे ही कुछ नियम उनके निशाचरी कामों अर्थात रात्रिकालीन जुआ को प्रभावित कर रहे थे। क्योंकि इसमें आना-जाना तो हार-जीत और हालातों पर निर्भर करता है। ये घड़ी के मोहताज नहीं होते हैं। यही बजह थी कि वे जल्द से जल्द अपना मकान बनवाने की फिराक में थे। जुगत-जुगाड़ बाकायदा जारी थी जिसमें उन्हें लगभग सफलता मिल ही गई थी।

रजिस्ट्री से एक दिन पहले शिब्बू, छद्दन को प्लाट दिखाने लिवा लाये थे।

''यार शिब्बू जगह तो कमाल की गाँठी है। बढ़िया है! मैं बनवाऊँगा इसे अपने हिसाब से।'' छद्दन ने कहा।

''गरीब का ख्याल रखना। कहाँ मैं और कहाँ आप! ऐसा न हो कि घोड़े की नाल मेढ़क के ठोक दो और बंदा फिस्स हो जाए।'' शिब्बू ने दाँत निपोरते हुए कहा।

''मकान बार-बार नहीं बनता। हिम्मत बाँधकर लग जाओ और फिर हम तो हैं ही कोई परेशानी नहीं होगी। बाद में देते रहना।'' छद्दन ने आश्वासन देते हुए कहा।

''चढ़ जा बेटा सूली पर भला करेंगे राम।'' धुँए का गुबार छोड़ते हुए अभी-अभी आए बच्चू ने कहा।

''भोसड़ी के... तेरे तो बाप ने दो-दो बनवा के रख छोड़े हैं, वो भी अलग-अलग हिस्सों में, और हम तो अपने घर से भी खदेड़े हुए हैं।'' कुर्सी छोड़ते हुए शिब्बू ने आत्मीयता उड़ेल दी।

''और भोसड़ी के... तुम कौन से भूखे नंगे हो, बहुत माल दबाये रख्खे हो, मकान में लगेगा तो दुनिया देखेगी!'' बच्चू ने उसी अपनेपन से उत्तर दिया। इसी प्रकार की नोक-झोंक के साथ और भी तमाम काम निबटाये जा रहे थे।

नापजोख कर अनुमानित नक्शा तैयार कर लिया गया था। सिर्फ रजिस्ट्री का इंतजार था।

दस पंद्रह दिन बाद ही शिब्बू रजिस्ट्री कराने में सफल रहे थे। रेत, ईंट भी आनी शुरू हो गई थी, और साथ ही मुहल्ले में रौनक भी आने लगी थी क्योंकि हर रोज सारा मुहल्ला कस्बे के छोटे बड़े सभी जुआरियों से गुलजार रहने लगा था। कुछ सलाह देने आते थे और कुछ प्रपंच फैलाने, शिब्बू के यहाँ दोनों का ही स्वागत था। लाभ के समीकरण तो सभी सेट करते हैं और फिर अभी तो उन्हें सभी से बहुत जरूरतें पड़नी थीं।

भूमि पूजन के बाद से हलचल और बढ़ गई थी। सलाहकार, नियमित रूप से आने लगे थे। जिनमें छद्दन प्रमुख थे। वैसे तो वे स्वयं ही आ जाते थे, नहीं तो जरूरत पर बुला भी लिए जाते थे। वरना वे जब भी आते और काम उनके मन माफिक नहीं मिलता तो हथौड़ा बजता, जिसकी चोटें शिब्बू चुपचाप सह लेते थे, मगर फिर हिम्मत समेट कर ये कहते हुए ''मकान जैसा बनवाओगे वैसा ही तो पैसा लगेगा।'' मैदान में डट जाते।

ऐसा ही कहकर शिब्बू अभी चुप ही हुए थे कि तभी देखने आया भीखू बोल पड़ा, ''भईया रंडी नचेगी तो फर्श ही बिछेगा। प्यार से तो अब घरवाली भी न नाचे।'' माहौल में रंगीनियत आ गई।

''चलो दो चार दाव नहीं सही। मकान तो गजब का बन रहा है। लोग देखकर ही पूँछते हैं किसका है।'' बच्चू ने हवा भरी।

शिब्बू के चेहरे पर गर्व से भरी मुस्कान तैर गई। छाती चौड़ी हो गई। ''माल छानो।'' कहते हुए शंकर बीड़ी का बंडल आगे बढ़ा दिया। भीखू ने लपकते हुए स्वयं को धन्य समझा। नजरें घुमाई और फिर सात बीड़ी सुलगाकर वितरित करते हुए बोला,

''साली मँहगाई भी गजब कर रही है। दस रुपए का बंडल दस मिनट में खत्म। दिन भर में चार पाँच तो पिवते ही हैं। कुछ मुफ्तखोर भी मुँह बाये बैठे रहते हैं; घर की एक नहीं पियेंगे और फ्री की छोड़ेंगे नहीं।'' तीर निशाने पर लगा। दो एक मुँह कसैले भी हो गए थे, मगर छद्दन ने बात सँभाल ली,

"भोसड़ी के... ले पी ले। सबसे अधिक तो तुझी को लगते हैं।" कहते हुए जेब से निकालकर दो बंडल उसकी ओर फेंक दिए। उसने लपककर जेब में ठूँस लिए।

आगंतुकों की औकात के हिसाब से ऐसे ही चाय, बीड़ी, गुटखों के दौर चलते-चलते पाँच महीने गुजर गए थे। पहली मंजिल छत समेत तैयार थी। शिब्बू की उदारता और देखने वालों में संतोषजनक कमी आई थी। अब रोज वाले ही थे जो बीड़ी और कभी-कभार गुटखा खाकर संतुष्ट हो जाते थे। अखबे कड़की के दिनों से उबर कर माल छान रहे थे और बच्चू के दिन फिर गए थे। भले ही पत्तों ने मुँह फेर लिया हो, मगर बच्चू के शौक जस के तस बने हुए थे।

वैसे जुआरियों की घर वापसी को देखकर उनकी माली हालत का अंदाजा लगाने में कोई परेशानी नहीं होती। घरवालियाँ खुश रहें, इस बात का इन्हें बहुत ख्याल रखना पड़ता है वरना कुटैम इनका पेट तो भरने से रहा। अखबे के दोनों हाथ आजकल भरे हुए ही आ रहे थे। बच्चू की पनीर दैनिक से पाक्षिक हो गई थी।

शिब्बू शाम के समय बैठे मजदूरों को दिहाड़ी बाँटते हुए कह रहे थे, "यार क्या करते रहते हो दिन भर, काम-धाम कुछ दिखता नहीं है; ऐसा नहीं चलेगा, यार तुम सब तो मरवाओगे मुझे!"

"भाईसाहब आप देखिओ, जब बन जै है। बारीक काम में तो टैम लगत है।" मुस्कुराते हुए उन्हीं में से एक बोला।

"सब ठीक ही है।" कहते हुए शिब्बू पैसे गिनते रहे और उनके चिरंजीव उसकी इंट्री करते जा रहे थे। मकान तो अभी दो मंजिला बनना था। अभी दिल्ली दूर थी।

5.

शिब्बू मुहल्ले में नये-नये ही आए थे इसलिए इम्प्रेशन जमाने के तमाम जायज और नाजायज हथकंडे अपनाने में लगे थे। वैसे उनके मंतव्य को समझ तो सभी रहे थे फिर भी उन्हीं की लम्बाई को उन्हीं

के फीते से नापे भी जा रहे थे ताकि भलमनसाहत बनी रहे। सुबह के दस ही बज रहे थे। तभी नहाकर तैयार होकर निकले शिब्बू जल्दी में कुछ भूल आए थे। फिर बाहर से ही अपने चिरंजीव को आवाज देकर जो मँगाया उसे देशी पिस्टल कहते हैं। उसके साथ चार पाँच कारतूस भी लाये गए थे। उत्सुकता के वशीभूत होकर सभी ने बारी-बारी से उसका निरीक्षण किया और तारीफ भी की।

''लग तो ठीक ठाक ही रही है, अब मार कैसी करती है ये तो चलाकर ही पता चलता है।'' अख्खे ने एक विशेषज्ञ की तरह गंभीरता दिखाते हुए कहा।

''कारतूस भी गहरा ही फोरती है।'' शिब्बू ने एक चला चलाया कारतूस दिखाते हुए बताया। तभी अख्खे को अपनी अद्धी का स्मरण हो आया वो भी कारतूस गहरा ही फोरती है और मार भी दो सौ मीटर तक सटीक करती है। तब तक कुछ और लोग भी आ गए थे जिन्हें मोहल्ले के सभी बावन पत्ते समाज वाले गऊ की संज्ञा देते थे। उन्होंने भी बहुत कुछ कहा जो केवल समझाने जैसा था, इसीलिए किसी के लिए उतना महत्त्वपूर्ण नहीं था।

''अरे शिब्बू इस तरह की चीजें खुलेआम लेकर नहीं घूमते; घर रख आओ, किसी ने पुलिस-बुलिस को बता दिया तो...।'' वहीं खड़े देवू गुप्ता बोले।

''किसमें हिम्मत है कह के तो देखे।'' शिब्बू ने बहादुरी दिखाई। अख्खे और केशू उधर मुंह करके हँसने लगे।

''बिलइया को गू है और बनता शेर है।'' केशू ने धीरे से कहा। शायद शिब्बू ने सुन लिया था। पिस्टल वहीं खड़े बेटे को देते हुए बोले, ''अब ले ही नहीं जा रहे हैं। टोकाटाकी हो गई है। ठीक नहीं रहता।'' फिर घड़ी देखी और चलते बने। शिब्बू जो जाते देख केशू और अख्खे अब भी हँस रहे थे। शिब्बू भी समझ ही गए थे कि मेरे जाने के बाद ये मेरा कचरा जरूर करेंगे। इम्प्रेशन जमते-जमते रह गया था।

आज बच्चू कुछ अधिक उदास-सा दिख रहा था। आकर वह चुपचाप वहीं अपने चबूतरे पर बैठ गया। तूफान के पहले की इस शांति का अनुमान तो सभी लगा रहे थे, मगर वो कैसा होगा इस बारे में सोचने का समय किसी के पास नहीं था? उनका मानना था कि नाऊ के बाल हैं जब कटकर गिरेंगे तब सभी देख लेंगे। वैसे बच्चू बहुत गहरे धँसे हुए हैं ये सभी जानते हैं। इसलिए अख्खे ने चुटकी ली,

"यार बच्चू मुंह बनाकर क्यों बैठे हो, भौजाई ने नाश्ता-बास्ता तो दे ही दिया होगा नहीं तो हम मँगा दें?" सुनकर भी बच्चू ने अनसुना कर दिया।

"क्या हो गया?" केशू इससे आगे कुछ और कहते तभी बच्चू चटक पड़ा।

"यार क्यों बुद्धि चाट रहे हो; हम तो वैसे ही परेशान हैं?" कहकर बच्चू घर में घुस गया। केशू अख्खे भी बतियाते निकल लिए।

जिसकी आशंका थी हुआ भी वही, बस उम्मीद से थोड़ा अधिक था इसीलिए सभी भौचक्के थे। जिसे सभी जीत का माल समझ रहे थे असल में वो उधारी की उदारता थी। जिसे बच्चू को मय ब्याज के नियत समय तक चुकाना था, मगर वह कुकरमुत्ते की तरह इतनी तेजी से बढ़ी कि बच्चू उसके नींचे बाप-दादों के द्वारा पीढ़ियों के लिए जुटाई गई जायजाद के साथ घुस गए। रजिस्ट्री के खर्चे ने रकम कुछ और बढ़ा दी थी।

ये बात तो बच्चू भी अच्छी तरह समझता था और उसका परिवार भी कि अब की बार हाथ लोहे के मजबूत छल्ले में फँस गया है। निकलने में सभी को पशीने आने हैं। रकम बढ़ते-बढ़ते छह अंकों से आगे सात के अरीब-करीब पहुँच गई थी। भाईयों ने अल्टीमेटम दे दिया था कि "जो करे सो भरे! हम अपने बच्चों का हक जुआरियों के लिए कुर्वान नहीं करेंगे।"

"आखिर में जैसा भी है, है तो तुम्हारा भाई ही।" बच्चू की अम्मा की इस भावनात्मक अपील को भी सामूहिक समझदारी से खारिज कर दिया गया था। घर की महिलाओं द्वारा भी तमाम तरह की तार्किक और

कुतार्किक शब्दावली के साथ बहस मुबाहिसों में भाग लिया जा रहा था तभी छोटी बहू ने गरजते हुए कहा,

''सुनो अम्मा जी, न्यारो पूत परोसी दाखिल होत है। सो अपओं करो खुदई समारें। हमसें पूछ कें तो खेले नई हते। हम तो अपये हिस्सा में सें एक पाई न दें हैं। वे अपनों सबरो बैंच दें, हमें का करनें।'' सुनकर बड़ी बहू ने भरपूर समर्थन किया। उसके संस्कार मुंह तूपने वाले नहीं थे, मगर सच्ची बात तो सच्ची ही है फिर भी उसने दबी जुबान में कह ही दिया,

''पनीर तो अकेलें खा लेत हते और शौक सब पूरे होई रये हते तो फिर डांड़ हम काय भरें।''

अब बात स्वाभिमान की थी। बच्चू की घरवाली ने भी कमर कस ली, ''खाव, पहरो सो अपँये आदमी को और अपनों मैटो, भीख भी माँगनी पड़ी तो तुम्हरे दरवाजे नहीं आँयेगे।'' कहकर भनभनाते हुए भीतर चली गई। बात न बढ़े इसीलिए अम्मा ने इस भावनात्मक बचाव पहल के असफल होने की घोषणा कर दी और स्वयं ही इसे अपने तरीके से निबटाने की घोषणा भी कर दी। बातों बातों में जायजाद का आँकलित बँटवारा हो गया था। जो गया या जाएगा वो बच्चू के हिस्से का होगा। इस बात पर औपचारिक मुहर लगा दी गई थी।

बच्चू कपला गइया की तरह बाँध दिया गया था। बेचारे ने आत्मसमर्पण को ही गलती का पश्चाताप मान लिया था और अम्मा ने भी पुत्रमोह में सब स्वयं निबटाने की घोषणा कर दी थी इसलिए घर में उठा तूफान शांत हो गया था। अम्मा जी को इसका पूर्व से अनुभव भी रहा था, मगर इस बार बात कुछ अधिक ही बड़ी थी और वो अकेली अबला! फिर भी उन्होंने ये सोचकर हिम्मत जुटा ली कि जुआरियों के साहूकार उदारमना होते हैं और समझौते से निबटारा कर लेते हैं। बहुत सोच-विचार कर उन्होंने शिब्बू को बुलवा लिया था क्योंकि धीरूभाई से उनके अच्छे संबंध थे और बात बन सकती थी। वे बड़े ही दुखी स्वर में बोलीं,

''बेटा शिब्बू, तुम्हें तो सब पतो है जा बच्चू नें का करो। अब फँस गए हैं तो निरवार दो तुमाव बहुत एहसान मान हैं।''

''अरे अम्मा, तुम चिंता न करो सब निबट जै है। सब अपने ही हैं। हम धीरूभाई सें बात कर हैं। वे लौटा दें हैं।'' शिब्बू ने आश्वासन दिया।

''कछु रकम और कम करा देते। ब्याज भौत है। मौड़ी ब्याह के लानें बैठी हैं; तुम तो सब जानत हो!'' अम्मा ने दुखी होकर कुछ भावनात्मक जाल फेंकते हुए कहा।

''ठीक है करा दें!'' कहकर शिब्बू उठने लगा तो अम्मा ने रोककर कहा, ''बच्चू कों समझा देते जुआ न खेलवे करे। कछु बालबच्चन की तरफ भी देखें। आगे इनको का हो है, हम तो मरकें सरगै चले जै हैं।'' कहते हुए अम्मा की आँखें झलक आई। शिब्बू का मन पिघल गया।

अम्मा को इस वार्तालाप से उम्मीद की किरण दिख रही थी।

अगले दिन ही सुबह-सुबह बच्चू की अम्मा ने अपने भतीजे बालिकराम को भी बुलवा लिया था। छुटपुट राजनीति मे हाथ आजमाते हुए थोड़ी बहुत इज्जत तो उसने भी कमा ली थी, परंतु इससे अधिक महत्त्वपूर्ण ये था कि वे धीरुभाई के राजनैतिक सहयोगी भी थे। अम्मा ने तुरुप चाल चली थी और बालिकराम ने भी आश्वासन दिया था कि कुछ-न-कुछ तो अवश्य ही करेंगे। इधर अम्मा रकम का इंतजाम कर रही थीं।

शाम को लौटकर बालिकराम ने अम्मा से कहा, ''धीरूभाई से बात हो गई है। वे आधा ब्याज छोड़ने को तैयार हैं, मगर रजिस्ट्री तभी करेंगे जब हिसाब चुकता हो जाएगा। अम्मा ने सहमति जता दी।

दो दिन की तमाम उठापटक के बाद हिसाब तो चुकता हो गया था, मगर जब रजिस्ट्री की बात आई तो बच्चू ने जेबें झाड़ लीं। क्रोधित अम्मा ने भी हाथ खड़े कर दिए कि अब वो इससे अधिक कुछ नहीं कर सकतीं, उन्हें भी लड़की के हाथ पीले करने हैं और तुमसे तो मदद की कोई आशा है नहीं। अब सब अपना अपना करो और उनकी जान छोड़ो।

बँटवारा मौखिक से लिखित हो गया था। जिसमें रिश्तेदार भी अपना योगदान देकर लौट गए थे। महीन और चतुरों के बँटवारे में ज्यादा मशक्कत लगती है। फिर भी भविष्य के लिए झगड़े की गुँजाइश तो बनी ही रहती है। फिलहाल वर्तमान के हालात काबू में थे।

बच्चू ने धीरुभाई से समय माँग लिया था जो उन्होंने सहर्ष दे भी दिया था क्योंकि वो तो अपनी रकम ले ही चुके थे। उलटे उन्हें तो इस बात की खुशी थी कि भविष्य के लेन-देन में अब तो और सुविधा होगी, क्योंकि वे जानते थे कि जुआरी ज्यादा दिनों तक इन बावन पत्तों के आकर्षण से दूर रह ही नहीं सकता। उन्हें एक दृष्टांत याद आ रहा था जो उन्होंने कहीं पढ़ा था।

''कभी एक उदार और धर्मात्मा राजा हुए थे जिन्होंने समाज को सुधारने और साफसुथरा रखने के लिए सारी गंदगी समेटकर नगर के बाहर रखवा दी थी। वाकया कुछ इस तरह था। राज्य में ये घोषणा हुई कि सारे नसेड़ी, जुआरी, रंड़ीबाज आदि नगर के बाहर रहें और उनके सारे शौक का खर्च राज्य देगा। जिससे आम जनता सुखी रहेगी।''

ऐसा ही हुआ। रजिस्ट्रेशन होने लगे और भीड़ बढ़ने लगी। कर्मचारी पूरी व्यवस्था कर रहे थे। तभी एक जुआरी ने आकर रजिस्ट्रेशन कराया और दाँव के लिए धन, असीमित दर्ज करा दिया। तब कर्मचारियों ने स्वयं को असमर्थ मानकर उसे राजदरबार में पेश कर दिया।

दरबार का वैभव देख वह आश्चर्य चकित होकर इधर-उधर देख रहा था तभी राजा ने कहा, ''फरियादी अपना परिचय दो और समस्या बताओ?'' सुनकर उसने कहा,

''महाराज मैं एक जुआरी हूँ और जुआ खेलता हूँ। आपके कर्मचारियों ने मेरे शौक को पूरा करने में असमर्थता प्रकट कर दी। आप ही न्याय करें।''

''जुए में क्या होता है और कितना धन लगता है?''

''महाराज, जुआ में दाँव लगाये जाते हैं और फिर पाँसे फेंककर हार-जीत का फैसला होता है। जीतने वाले का धन दुगना हो जाता है और हारने वाला अपना धन गवाँ देता है। रही बात धन की तो कितना भी लगा सकते हो। आपका राज्य भी दाँव पर लगाया जा सकता है।''

''और यदि हार गए तो...?'' राजा ने आश्चर्य और उत्सुकता से पूछा।

"तो क्या महाराज आपका राज्य चला जाएगा।" सुनकर राजा कुछ देर विचार करते रहे और फिर उन्होंने क्रोधित होकर कहा, "सिपाहियो राज्य के सारे जुआरियों को पकड़कर कारागार में डाल दो और रोज दस-दस कोड़े भी लगाते रहो। जब राज्य ही नहीं रहेगा तो सब खत्म हो जाएगा इसलिए आज से ही राज्य में जुआ बंद, इससे कम-से-कम बाकियों के शौक तो पूरे होते रहेंगे।"

सोचकर धीरूभाई मुस्कुराये। इतने पर भी राजा जुआ बंद न करवा पाये तो अब तो लोकतंत्र है। सोचते मुस्कुराते धीरूभाई घर लौट रहे थे कि तभी किसी ने आवाज दी।

"राम राम धीरू भाई।" चौंककर पलटे।

"अरे जोटीलाल तुम यहाँ कैसे?" धीरूभाई ने चौंकते हुए पूछा।

वैसे जोटीलाल भी जुए को फायनेंस करने का काम करते थे, परंतु कभी ताश को हाथ तक नहीं लगाया। पाँचफुट चारइंची गौरवर्णीय काया वाले जोटीलाल इस धंधे में करोड़ों में खेल गए थे और कस्बे के बाहर भी इनका करोबार फल-फूल रहा था, परंतु रहन-सहन वही दाल रोटी वाला, सादगी और कंजूसी से युक्त, ठेठ मध्यमवर्गीय!

"कुछ खास नहीं था बस बसूली को निकले थे। रकम बढ़कर दुगनी हो गई है और अब उंगली टेढ़ी करनी पड़ रही है। उलटे मादरचो... उसके घरवाले कानून सिखा रहे थे इसीलिए कार रख ली थी। तब कहीं हिसाब-किताब को बुलाया था।" जोटीलाल ने मुस्कुराकर कहा।

"फिर काम हुआ?"

"होता क्यों नहीं, पाई-पाई से। वैसे कुछ छोड़ भी देता पर साले सयाने बन रहे थे।" नोटों की गड्डियाँ दिखाते हुए जोटीलाल बोले।

"घर चलो रोटी-सोटी की हो जाए।"

"अब नहीं, बहुत समय हो गया है फिर कभी खा लेंगे।" कहकर जोटीलाल अपनी राह निकल गए। धीरूभाई ने जेब टटोली और घर में प्रवेश कर गए। उनकी जेबें भी गर्म थीं।

कुछ दिनों से धीरूभाई शादी के कामों में व्यस्त हो गए थे। उनके परिवार में शादी थी। इसीलिए जुए का काम लगभग बंद ही था। खेलने

वाले सहयोगी की भूमिका निभा रहे थे। काम वितरित कर धीरूभाई भी स्वयं को हल्का महसूस कर रहे थे।

बाहरी खिलाड़ी आकर लौट रहे थे। कुछ लोगों को ये सुनहरा मौका लगा और उन्होंने अपना गढ़ तैयार कर लिया। खेल होने लगा था। सूंघते सूंघते लोग वहाँ जुटने लगे थे। थाने में हफ्ता भी पहुँचने लगा था। कुल मिलाकर बात हाथ से निकलती दिख रही थी। इसे यूँ कहें कि जमा जमाया धंधा धीरूभाई के हाथ से निकला जा रहा था।

इसी बात का दु:ख धीरूभाई के व्यवहार में झलकने लगा था। दस पंद्रह दिन में ही बहुत कुछ बदल गया था, परंतु वे स्वयं को बहुत मजबूर समझ रहे थे। इसका कारण ये भी था कि पुलिस सिवाय पैसे की किसी की नहीं सुनती है। और फिर कुछ विश्वासपात्रों से उन्हें पता चला था कि सामने वाली पार्टी उनसे कहीं अधिक पैसे दे रही थी।

अब तो उन्हें सिर्फ अनुकूल समय का इंतजार ही था कि कोई अपना थानेदार आए तो बात बने। इसी में दो तीन महीने गुजर गए थे। इसी बीच एक टंटा और हो गया था। चार छह दिन की जेल यात्रा के बाद जमानत पर धीरूभाई लौट आए थे। धारा 324 पर बात निबट गई थी। अब राजीनामा की फिराक में थे। इसी बीच थानेदार का तबादला भी हो गया था। धीरूभाई को समय ठीक होने की उम्मीद लग रही थी।

दुनिया भी कमाल की है। उसे जो दिखता है वो तो वही कहती ही है, परंतु अपने अनुमानों के आधार पर भी बहुत कुछ कह डालती है। परदे के पीछे क्या घट रहा है इससे उसे कोई मतलब नहीं होता है? मास्टर जगराम सुबह-सुबह अखबार पढ़ते हुए अपने चबूतरे पर बैठे चाय सुड़क रहे थे। मास्टर जगराम मुहल्ले के सज्जन व्यक्तियों में शुमार थे। मध्यम कदकाठी और बेहतर खानपान से उनकी देह रिटायरमेंट के बाद भी चमकती थी। उन्होंने लगभग सभी को पढ़ाया था इसीलिए उनकी सभी इज्जत करते थे।

खबर लोकल अखबार के मुख्य पृष्ठ पर ही थी, जिसमें आसपास के दो नामों पर उनकी नजर पड़ी तो चौंककर इधर-उधर देखा। मन में थोड़ी आशंका थी, क्योंकि जिनके नाम थे उन्हें शाम को ही तो उन्होंने

देखा था। सोचा, ''जमानत करा ली होगी। जुआ कोई मर्डर थोड़े ही है जो महिनों जेल में रहना पड़े।'' तभी उन्हें बच्चू आता दिखाई दिया।

''अरे ओ बच्चू जरा इधर आना।''

''आया मास्साब।'' कहते हुए बच्चू ने चाल तेज कर दी। बच्चू पास आकर वहीं बैठ गया।

''अखबार में राजा और सुख्खन का नाम छपा है, कुछ नाम बाहर के लगते हैं, और तुम तो नहीं थे इसमें?''

''अब मास्साब आपसे क्या छुपा है? मैं, अख्खे और केशू भी थे, मगर हम तीनों ही हारकर वहाँ से घर के लिए निकल ही रहे थे कि तभी पुलिस का छापा पड़ा। हम बाहर ही थे इसीलिए भागने में सफल रहे, परंतु अंधेरे में पैर नाली में चला गया था, वो ऊपर वाले की मेहरबानी रही, बहुत बच गया।'' कहते हुए बच्चू ने पेंट ऊपर खिसकाई, खाल छिल गई थी।

''उल्टे काम करोगे तो कोई हार फूल थोड़े ही चढ़ायेगा।'' कहकर मास्साब मुस्कुराये। फिर बोले, ''पट्टी करा लेना। बहुत लगी है।'' मास्साब ने मुंह बनाया। फिर समझाने की स्कूली मुद्रा में आकर बोले, ''कम्बखतो, सुधर जाओ वरना ये जुआ तुम्हें कहीं का नहीं छोड़ेगा! कल तुम्हारी अम्मा बहुत दुखया रही थी। कह रही थी, 'बच्चू के ये हाल है पता नहीं इन बालबच्चों का क्या होगा? दो चार साल में मोड़ी सयानी हो जै है और बच्चू अबैई सब मैंटें लेत है तो फिर आगे का कर है। हम तो चिंता करत-करत मरे जात और बाप तो मरकें सरगै पहुँचई गओ है!' अब तुम्हीं बताओ बच्चू, तुम जो कर रहे हो क्या वो सही है?'' मास्साब ने बच्चू से पूछा।

''मास्साब है तो नहीं, परंतु और क्या करें? कम-से-कम घर का खर्चा तो चल ही जाता है।'' बच्चू ने झिझकते हुए कहा।

''ये भूल है तुम्हारी! खर्च से कहीं अधिक तुम हार जाते हो, और फिर दूसरों की दुगना, चौगना ब्याज देकर उधारी चुकाते हो। खर्चा तो तब चलता जब बाप दादों की जायदाद बची रहती। अब भी समय है तुम

कोई छोटा-मोटा काम कर लो, इस जुए में कुछ नहीं रखा।'' कहकर मास्साब ने अखबार में नजरें गड़ा लीं। बच्चू तुरंत भाग लिए।

रोज की तरह सुबह-सुबह आज भी केशू के चबूतरे पर रात के घटनाक्रम की चर्चा हो रही थी। लँगड़ाते हुए बच्चू भी उसमें शामिल हो गया।

''तेरी टाँग तो टूटते-टूटते बच गई, परंतु अपने केशू भाई दस हजार का मोबाइल कहीं टपका आए। बेचारे दुःखी हैं।'' अख्खे ने कहा।

''छोड़ यार, यही समझ लेना कि बीस गए जैसे तीस गए।'' शिब्बू ने कहा।

''यार बात पैसों की नहीं है। भोसड़ी की दो सिमें और सब नंबर-अंबर सब चले गए। ऊपर से खोने की रिपोट करो तब कही दूसरीं सिमें निकलेगीं।'' केशू ने अपने दुःख गिना दिए।

''ये सब तो घंटे-दो-घंटे में हो ही जाएगा, परंतु अब खेल भी तो बंद हो गया है।'' बच्चू ने बीड़ी सूटते हुए कहा और ये सिद्ध कर दिया कि हम मास्साब की बात मानते होते तो पढ़-लिखकर कोई नौकरी-चाकरी न कर रहे होते। जुआ क्यों खेलते?

''चिंता मत करो। कुछ देर पहले ही धीरूभाई का फोन आया था। उन्होंने सैटिंग कर ली है। कल रात से अपना पुराना 'जुआ गढ़' आबाद रहेगा। बातों में कहना भूल गया था।'' अख्खे ने अफसोस प्रगट किया।

''चलो ये सही रहा। कम-से-कम हजार-दो-हजार भी मिलते रहें तो लेबर खर्चा तो निकल ही जाएगा। छद्दनभाई ने मरवा दिया। हमने तो कहा था रहने लायक बन जाए बस, परंतु मेढ़की के घोड़े की नाल ठुकवा ही दी। सारी जमा पूँजी मार्वल और टाईल्स ही खा गई। ऊपर से गेम में मंदी है सो अलग।'' शिब्बू ने अपना दुःखड़ा सुनाया।

''यार सब हो जाएगा। मकान तो हो गया और फिर मुहल्ले में ऐसा किसी का है भी तो नहीं।'' आकर वहीं बैठते हुए भीखू ने कहा।

पीड़ा, तुरंत ही गर्व मे बदल गई। मुस्कुराते हुए शिब्बू ने बनते मकान को देखकर लेबर को संबोधित करते हुए कहा, ''कोई कारौंच से मटका पोतकर लटका दो। ये सब नजर लगाने बैठे हैं।''

''कुछ भी टँगवा लो; सही-तो-सही है।'' भीकू ने अपनी बात को और पुख्ता किया। शिब्बू ने बंडल निकालकर उसकी ओर बढ़ा दिया। अब दौर-ए-धुँआ का समय था और फिर काम पर लगने का।

खासमखास बनकर काटने का चलन वैसे तो बहुत पुराना और सार्वभौमिक है, परंतु आजकल इसका चलन बढ़ गया है, खासकर जुए में। फायनेंसरों की उदारता बिल्कुल मधुमेह की तरह ही होती है जो भीरत ही भीतर शरीर को खोखला कर देती है। और फिर जरा-सी बदपरहेजी हुई नहीं कि बंदा खत्म। असल में ये उन बूचड़खानों के कसाइयों की तरह होते हैं जो सिर्फ अपना लाभ देखते हैं, कोई मरे या जिये इससे इन्हें कोई मतलब नहीं होता है। ये बड़े बेमुरव्वत होते हैं।

ये बात जिन लोगों को समझ में आ गई थी उन्होंने मिलकर कुछ छोटे-मोटे जुएघर बना लिए थे। जिनमें उम्मीदसिंह और राजाभाई प्रमुख थे। जहाँ बहुत हुआ तो हजार-पाँच सौ इधर-के-उधर कर लिए, तलब भी मिट गई और वक्त भी कट गया। पुलिस-बुलिस का भी कोई झंझट नहीं। वैसे इन अस्थायी ठिकानों ने सूखे के समय अर्थात बड़ा जुआ बंद होने पर उन सभी लोगों को पनाह दे उपकृतकर बहुत साथ दिया जो एक भी नागा नहीं करना चाहते थे, वो यहाँ आकर खेल जाते थे। इन्होंने उनको भी सहारा दिया जो बड़े बड़ों के बीच पड़कर लुट पिट गए थे।

आज बैठक राजाभाई के घर में सुबह से ही जम गई थी। सब्जी का थैला लेकर निकले बच्चू और केशू भी वहीं जाकर जम गए। दो तीन घंटे मसाले और प्वाइंट गिनते कब गुजर गए पता ही नहीं चला। केशू ने उठते हुए कहा, ''आज तो दार ही खानी पड़ेगी। फुक्क हो गई और सब्जी का समय भी निकल गया।''

''समझा कर यार, दार तो मुंह से निकल गई। डाँट खानी पड़ेगी। भौजाई बेलन को तेल पिलाकर तैयार कर रही होंगी।'' बच्चू ने चुटकी ली। सभी ने ठहाका मारा।

''साले तुझ जैसे पिछलग्गू तब भी नहीं हैं कि जितनी परमीशन मिलें उतने ही कदम उठें। मर्जी के मालिक हैं।'' केशू ने बहादुरी बताई।

''अरे...अरे... रहने दो! अच्छे बच्चे घर की बातें चार जनों में नहीं करते।'' भूपे ने कहकर आँख मारी। ठहाका फिर गूँजा। मुस्कुराकर राजाभाई ने कहा,

''तुम्हें टेंशन नहीं लेना है। इन सभी के घरों के चूल्हे भी मिट्टी के ही हैं; हमें पता है। और तुम इनके चक्कर में अपना समय खराब न करो। चल बच्चू बाँट पत्ते।'' बच्चू चार गड्डियों के बिखरे पत्तों को समेटकर फेंटने लगा था। केशू ने घर की राह पकड़ी ही थी कि तभी भीखू ने आकर उनकी जगह भर दी।

''यार भीखू तुम बड़ी जल्दी फेमस हो गए। अखबार में मास्साब ने तुम्हारा नाम भी पढ़वाया था।'' बच्चू ने कहा।

''दस मिनट और बैठते तो तुम भी फेमस हो गए होते। हार ने बचा लिया तुम्हें।''

''वो तो धर ही लिए गए थे, अगर जान लगाकर न भागे होते। बस थोड़ी टूट-फूट ही हुई है।'' बच्चू ने खोलकर पैर दिखाया।

''तब भी फायदे में ही रहे हो। साला थानेदार बड़ा हरामी था। चार छह लठ्ठ तो इस कदर के दिए कि महीने भर कसकेंगे।'' उसने पिछवाड़ा खोलकर दिखाया। सभी ने थानेदार के जल्लाद होने की घोषणा कर दी। और अपने बचने पर ईश्वर को धन्यवाद दिया।

''ये सब छोड़, पहले ये बता कि इतनी जल्दी छूटे कैसे?'' वहीं बैठे राजा ने प्रश्न दागा। जवाब में भीखू सिलसिलेवार सुनाने लगा।

''बड़े और इज्जतदार लोगों के साथ खेलने का यही तो लाभ है। चंदेबाबू और कमलेसेठ ने तत्काल साठ हजार घर से मँगाकर फेंक दिए। नोट जेब में डालते हुए थानेदार बोला, ''इतनी कवायद के बाद कुछ तो दिखाना ही पड़ेगा। तब सुख्खन और मैं मौका-ए-वारदात पर पकड़े दिखाए गए। और फिर उन्हीं ने तत्काल हमारी जमानत दे दी। साँप भी मर गया और लाठी भी नहीं टूटी। किसी की जेब गरम हुई और किसी की इज्जत बच गई। मरे ससुर जू हम, ठीक से बैठना भी दुस्तर हो गया है। खाया-पिया कुछ नहीं गिलास टूटा बारह आना।'' कहकर एक लम्बी साँस छोड़ी भीखू ने। पीड़ा की लहरें उसके सूखे से चेहरे को और विकृत कर रहीं थी।

''साल में दो चार कुटाई तो होनी ही चाहिए। अभ्यास बना रहता है।'' बच्चू बोले।

''बच गए जा सें बातें आ रहीं हैं। धर लिए जाते तो मताई चु... मिलती तुम्हारी। सबरो फोकस मिटर जातो।'' भीखू की दैहिक पीड़ा शाब्दिक हो कर बच्चू पर बरस पड़ी। तभी शिब्बू ने बच्चू को हड़काया, ''अब चुप रहो खा-म-खा ही उलझ रहे हो। चलो भीखू को पुड़िया खिलाकर मामला रफा-दफा करो।'' बच्चू ने दंड स्वरूप पचास का खर्चा किया। पुड़िया सभी ने खाई और फिर तल्लीनता से पत्तों पर सभी ने ध्यान केन्द्रित कर लिए।

केशूभाई के घर पर नन्हा मेहमान आ गया था। आधा दर्जन लड़कियों के होने के बाद ये लड़का हुआ था। इसके लिए न जाने कितने टोटके किये गए। दिन तारीखों का हिसाब-किताब रखा गया था और तीर्थ स्थलों की यात्रा के साथ-साथ तमाम तरह की पूजा-अरचा भी की गई थी। ये तो वही और उनकी पत्नी ही जानते थे, मगर जो भी हो परिणाम सुखद ही आया था। अंत भला तो सब भला।

केशूभाई की माताजी कह रहीं थी कि मौड़ी ढँप गई हैं। बित्ते भर का छोकरा जवान होती किशोरियों के कैसे ढाँप लेगा? इस पर आधुनिक पढ़े-लिखे स्त्री पुरूषों और समानता का ढिंढोरा पीटने वालों को भले ही संदेह हो, परंतु अम्मा को पूरा यकीन था।

असल में इस दौरान बहुत कुछ घटा था। दो मौड़ियों तक तो सब ठीक रहा, परंतु फिर सभी को चिंता होने लगी थी। तीसरी के बाद तो डॉक्टर ने भी कह दिया था कि शरीर में कमजोरी अधिक है आगे बच्चे होना खतरनाक है। हड्डियाँ, कैल्शियम के अभाव में अब बच्चे को सँभालने की क्षमता खो रही थीं। उस दिन केशूभाई ने दुःखी होकर चार पैग चढ़ा लिए थे और खेलने बैठ गए थे। सत्तर हजार पर हाथ मारा। सुबह काजू, बादाम, पिस्ता और न जाने क्या-क्या ले आए थे। कुछ ही महीनों में कमजोरी दूर होती दिख रही थी।

पड़ोस की औरतों ने चिंतित होना शुरू कर दिया था और रिश्तेदारों ने समझाने का बीड़ा उठा रखा था। उस दिन शन्नो बुआ हाथ मटका-मटका कर कह रहीं थीं, ''समय बहुत खराब हो गया है। कोई किसी का नहीं होता है, सब को अपनी-अपनी पड़ी रहती है, जब मौड़ी अपने घरै चलीं जै हैं तब बैठे रहियो। अच्छो बुरो जैसो भी होय बुढ़ापे में शरम भारें दो रोटी तो देत रै है।''

''मरने के बाद, मौड़ा के हाथ से फुँके बिना मुक्ति नहीं होती है। बुरी योनियों में भटकना पड़ता है।'' बड़े पंडित जी ने बताया था। माताजी को याद आया।

उनकी बात में दम था और फिर शन्नो बुआ ने दुनिया को नींच और इतना स्वार्थी साबित कर दिया था कि अब बिना मौड़ा पैदा हुए उसमें जिया ही नहीं जा सकता था। इसी में एक और हो गई थी, फिर भी न केशूभाई ने हिम्मत हारी और न उनकी पत्नी ने। कमजोरी तो डॉक्टरों के चोचले हैं। विज्ञान का सहारा लेना माताजी को न भाया। इसीलिए जाँच भी न हो पाई और दो अजन्मी जानें जन्म लेकर हृष्ट-पुष्ट घूमने लगी। एक दो खराब न हुए होते तो संख्या और बढ़ जाती, मगर भगवान इतना निर्दयी नहीं है। खैर... उसके यहाँ देर भले ही हो अंधेर नहीं है।

आखिर तीन दिन पहले ही तमाम कोशिशों के बाद अंततः केशूभाई को पुत्र रत्न प्राप्त हो ही गया। खुशी के मारे केशूभाई ने ताश को हाथ तक नहीं लगाया और न शराब छुई।

सुबह-सुबह ही केशू भाई तमाम सामान समेटे अस्पताल की ओर भागे जा रहे थे, तभी शिब्बू और बच्चू ने एक साथ आवाज दी,

''यार केशू जरा हमारी भी सुन लो। मंजन-बंजन कर के बैठे हैं; कुछ लड्डू बगैरह हो जाते तो मजा आ जाता। आखिर भोसड़ी के तुम बाप बने हो, वो भी मौड़ा के।'' शिब्बू ने केशू को आत्मीय बधाई और शुभकामनाएं प्रदान की। बदले में केशू ने मुस्कराकर आभार व्यक्त किया। बाद में गुटखा थूंकते हुए कहा,

''यार अभी जल्दी है शाम को।''

''शाम को तो गेम में जाना है; अभी चहिए।'' बच्चू साधिकार बोला। केशू, जाने की जल्दी में छटपटा रहे थे। इसीलिए उन्होंने जेब से सौ का नोट निकालकार हबा में मोड़-तोड़कर उछाल दिया, जिसे तुरंत बच्चू ने जोंटी रोड्स वाली फुर्ती दिखाते हुए लपक लिया और खुशी-खुशी कमर में खोंसी गुटखा की पुड़िया निकाल कर केशू को थमा दी। बदले में मिली राजश्री की आधी पुड़िया मुंह में उड़ेलकर केशू जल्दी ही भाग लिए थे और फिर छुट्टी करा कर ही लौटे। गोला चल चुके थे और खूब लड्डू भी बाँट दिए गए थे। कुलमिलाकर अब वे स्वतंत्र थे और बेफिक्र भी, इस लोक से भी और परलोक से भी। चिंता तो बस एक ही बात की थी कि जल्दी से गेम में पहुँचकर कब ताश की गड्डी को फेंट पाएं।

इस कस्बे में जितने भी अंतरराज्जीय स्तर पर बावन पत्तों के सर्वमान्य खिलाड़ी थे, उनमें केशूभाई का नाम भी बड़े आदर के साथ लिया जाता था। झाँसी, ग्वालियर जैसे बड़े शहरों के आलावा भी इनके कई शहरों में ठिकाने थे। कुछ यही कारण था कि इनके लखपति और खाकपति होने में एक मात्र यात्रा की जरूरत होती थी।

केशूभाई आज के लिए अपना गंतव्य स्थान तय करने के ही बारे में सोच रहे थे कि तभी उन्हीं के एक हमपेशा का फोन आ गया। हैलो जैसी औपचारिकताओं से बचते हुए परिचित आवाज में सीधे एक सवाल था। ''ग्वालियर चल रहे हो, सुना है वहाँ करोड़ तक का गेम हो रहा है?'' सुनकर ही केशूभाई के मुंह में पानी आ गया और बिना समय गँवाए ही उन्होंने उसी क्षण हाँ कर दी। इसे जीभ पर बैठना कहते हैं, और उन्होंने वही किया था।

सुबह के दस बज चुके थे। केशूभाई नहा-धोकर तैयार खड़े थे। जेबें नोटों से भरी थी और माँथे पर मिट्टी के चंदन पर रोरी का दोहरा टीका सोह रहा था। जैसे पंडित केशूभाई किसी अनुष्ठान के लिए प्रस्थान करने के लिए सज्ज खड़े हों। कुछ ही देर में स्कोर्पियो तिराहे पर खड़ी थी, जो केशूभाई के बैठने पर तत्काल चल पड़ी। तभी केशूभाई ने टोका, ''यार उल्टे कहाँ जा रहे हो?''

''समझा करो यार। रास्ता बदलने से लोगों की नजरों में नहीं आते। और फिर सौ-दो-सौ के डीजल से अपुन को फर्क नहीं पड़ता।'' जवाब सुनकर केशूभाई संतुष्ट तो हुए ही; साथ ही कहने वाले की समझदारी के कायल भी हो गए थे।

सड़क पर सरपट दौड़े जा रही गाड़ी में म्यूजिक सिस्टम पर बजते बुंदेली रसिया पर सभी झूम रहे थे। तभी अचानक गाड़ी रोक दी गई। अंदर भूचाल-सा आ गया। कुछ के तो मुंह टूटने से भी बच गए थे। बात जान पर बन आई थी इसीलिए सभी ने चलाने वाले अर्थात ड्राइवर महोदय की माँ-बहन करने में देर न लगाई। उसके बाद किसी ने कारण पूछा तो उसने कहा, ''बिल्ली रास्ता काट गई है।'' सभी ने सुनते ही उसे शाबाशी दी। आखिर शकुन-अपशकुन भी कोई चीज होती है। जिसका प्रभाव उनकी हार-जीत पर पड़ सकता था। इसीलिए सभी गेट खोलकर अपशकुन मिटाने के लिए यहाँ-वहाँ हो लिए। सभी को पेशाब अपशकुन के डर से लग आई थी या कोई और कारण था ये तो वे स्वयं भी नहीं जानते थे, परंतु अब सब ठीक था। गाड़ी स्टार्ट होकर चल पड़ी थी।

गाड़ी एक कालोनी के बाहर सभी को उतारकर सुरक्षित स्थान की ओर चली गई थी। सभी एक चारमंजिला इमारत में प्रवेश कर गए। स्थान और सुरक्षा कर यहाँ भी चुकाना पड़ा था। जो केशूभाई को सीमित रकम पर थोड़ा भारी जरूर लग रहा था, परंतु सामने संभावनाएं भी अधिक थीं इसीलिए ये घाटे का सौदा नहीं था।

अंदर एक बीस बाई पंद्रह के हॉल में बीस पच्चीस लोग चिल्लपों मचा रहे थे। दाँव पर लाखों लगे थे और हजारों वाले भीतर-बाहर कर अपनी भूमिका निभा रहे थे। जिनमें केशूभाई भी थे जो भीड़ में हर दाँव पर दस बीस हजार इधर-से-उधर कर रहे थे।

एक ने गड्डी काटकर बेगम कहा और दो, दो हजार के नोटों की पाँच गड्डियाँ फेंक दी और सिगरेट सुलगाकर एक लंबा कश खींचा, और फिर धुंएं के साथ चेहरे पर उभर आए तनाव को कम करने की कोशिश की। सबकी साँसें रुकीं हुई थीं। हर एक पत्ते के साथ दिल धक कर के रह जाता। बेगम भीतर गिरी। सभी की हारने वाले के साथ

सहानुभूति थी। केशूभाई ने बेगम के भीतर गिरने पर जीते बीस हजार लेकर चुपचाप जेब में ठूँस लिए थे। उनका ध्यान अगले दाँव पर था जो अब बीस लाख का था। वो भी भीतर गिरा। देखने वालों के हृदय मुंह को आ गए थे।

पार्टी बड़ी थी। तत्काल फायनेंसरों ने मिलजुलकर उसके लिए दस लाख और जुटा दिए। उसने वो आधी सिगरेट फेंककर दूसरी सुलगा ली थी। बाँये हाथ से गड्डी काटकर उसके होंठ फिर थिरके। ''दुरी।'' सभी ने साँस रोक ली। भीतर बाहर करने वालों ने चुपचाप एक दूसरे के रुपए ले लिए।

दुरी बाहर गिरी। उसने किर्र मारकर गड्डी फेंटी। और पंद्रह बीस मिनट में प्रतिद्वंदी साफ थे। उसने दस लाख तत्काल बीस हजार ब्याज के साथ लौटाकर चुपचाप बाहर निकल गया। खेल खत्म हो गया था। केशूभाई ने गाड़ी में बैठकर जेबें टटोलीं और मन-ही-मन अनुमान लगाया, ''साठ सत्तर तो अवश्य होंगे। चलो आना सार्थक ही रहा।'' सोचते हुए राजश्री पानमसाले की पुड़िया फाड़कर उसमें तंबाखू मिलाकर एक असरदार मिश्रण बनाकर उसे मुंह में भरकर बीड़ी सुलगते हुए कहा, ''यार बंदा नैक देर में साठ सत्तर लाख ले गया।''

''इसीलिए तो तुम्हें दिखाने लाया था। मजा आया न, एक नौकरी वाला जिदंगी भर काम करने के बाद भी इतने रुपए देख भी नहीं पाता। यही तो जुए की महिमा है; और जिगरवालों का काम है।'' उसने कहा और गाड़ी में चाबी घुमाई। गाड़ी स्टार्ट होकर चल पड़ी थी।

जिंदगी जुए के अलावा भी बहुत कुछ होती है। जिसमें समाज, जाति, धर्म, इज्जत-आबरू और भी न जाने कितनी ही पेंचीदगी होती है, जिनसे हर आदमी को समय समय पर दो चार होना पड़ता है। ये बात समझ में आने में देर तो लगती है, मगर आ ही जाती है।

छद्दन की बेटियाँ अब सयानी हो गई थीं और लड़के जवान, उनकी शादी की चिंता उन्हें सताने लगी थी। दो चार जगह घूमकर उन्होंने देख लिया था कि साख पैसे नहीं खरीदी जाती। कर्मों, व्यवहारों से बनानी

पड़ती है। छद्दन चाय का कप लिए एकांत में आत्ममंथन कर रहे थे। उनके कानों में उस पिता के शब्द गूँज रहे थे जो अपने लड़के के लिए सचरित्र, सुशील और संस्कारी बहू के साथ-साथ कुलीन परिवार भी चाहता है; ताकि वह सुख-शांति से रह सके। जिस उत्तर को सुनकर छद्दन अभी लौटे थे, उसने उन्हें विचलित कर रखा था। वे आत्ममंथन कर रहे थे।

''छद्दन भाई वो तो सब ठीक है और आप पैसे भी अनापशनाप दे रहे हैं, परंतु हमने जो इज्जत, भलमनसाहत ईमानदारी से समाज में कमाई है उसे ही हम अपने बच्चों को विरासत में देना चाहते हैं। उनमें काबिलियत होगी तो पैसे तो वे कमा ही लेंगे।''

''सुनकर मेरे मुंह से एक शब्द नहीं फूटा। शायद इसलिए कि उसने तो मेरी जोर जबर्दस्ती का जवाब ही तो दिया था। इसमें उसका क्या दोष? कुकर्म तो मेरे ही हैं जो मेरी ही संतान के अच्छे भविष्य में बाधक बन रहे हैं। मैं कितना गलत सोचता था कि सब कुछ पैसे से खरीदा जा सकता है। लड़का अच्छा, पढ़ा लिखा और नौकरी वाला था इसीलिए मैं भी कुछ अधिक ही जोर दे बैठा...'' इससे कुछ आगे सोचते कि तभी पत्नी ने आकर कहा, ''तुम्हें कोई बुला रहा है?''

''कौन है, कोई जुआरी हो तो भगा देना?

''जुआरी तो नहीं लग रहा है। शायद नाम सुंदर बता रहा था।''

''पहले क्यों नहीं बताया? जल्दी बैठक में चाय नाश्ता भिजवा देना।'' छद्दन कहते हुए द्वार की ओर भागे। और उन्हें ससम्मान बैठक में ले गए।

सुंदरबाबू नगर के बड़े ही सज्जन व्यक्ति हैं जो नगर के हायरसेकंडरी स्कूल में बाबू के पद पर वर्षों से काम करते हुए, अब रिटायर हो गए हैं। छद्दन ने कभी इसी स्कूल में दिहाड़ी पर काम किया था तभी से गहरी जान-पहचान है। और फिर छद्दन ने पैसे से उनकी कई बार मदद भी की थी। इसीलिए आज वो उन्हीं के काम के लिए उन्हीं के घर पर आए थे।

''बाबू जी कुछ बात बनी?'' छद्दन ने पूछा।

''उम्मीद तो है बात बन जाएगी। परिवार गरीब है, परंतु कुल खानदान में चोखा है, साथ ही लड़का खूब पढ़ा लिखा और संस्कारित भी है। मेरी बात हुई थी तो कह रहा था कि चार लाख रिश्वत के लग रहे हैं; होते तो इसी महीने नियुक्ति हो जाती। आगे और मेहनत करूँगा। शादी तभी करूँगा।''

''आप बात कीजिए रुपए मैं दे दूंगा। इस साल शादी करनी ही है। मेरे कुकर्मों की सजा मेरी बच्चियाँ क्यों भोगें?'' कहकर छद्दन ने एक लम्बी साँस छोड़ी।

''मैंने तो समझाया था तुम्हें, लेकिन तुमने एक नहीं सुनी। कहा था कि ''अब तुमने बहुत कमा लिया है। खूब जायदाद बना ली है, अब ये जुआ बगैरह छोड़ दो और बच्चों को अच्छी तरह पढ़ाओ-लिखाओ। तमाम तरह के बिजनेस हैं, और फिर तुम्हारे पास तो पूँजी भी खूब थी। दुनिया तो जो सामने देखती है मूल्यांकन भी उसी का करती है। वो अब तक तो भूल भी चुकी होती कि छद्दन जुआ खेलता था।''

''बाबूजी हम जैसे लोग बहुत मोटे चमड़े के होते हैं ये नहीं सुधर सकते। और फिर अब तो इन बातों का समय भी निकल गया है। आप तो बस बात पक्की करा दीजिए, पैसे किसे देने हैं मैं स्वयं दे आऊँगा।''

''ठीक है तो यहाँ से जाकर में बात करता जाऊँगा। बेचारे माँ बेटे तो हैं ही, उन्हीं से बात करनी है। आजकल परिवार वाले किसके होते हैं। अकेली माँ ने बड़ी मुश्किलों से पढ़ाया है उसे, परंतु ये भ्रष्टाचार न जाने कितने होनहार बच्चों के भविष्य को निगल जाता है।'' बाबूजी बोले।

''समय ही ऐसा है कि पैसे के अलावा किसी को कुछ दिखता ही नहीं है, फिर भी वो लुटेरे होते हुए भी संभ्रांत हैं, और मैं एक बदनाम जुआरी जो कम-से-कम लूटता तो नहीं है। अच्छाई की आड़ में बुरे कर्म कहीं अधिक होते हैं।'' छद्दन ने तर्क दिया।

''फिर भी दुनिया सत्य के दम पर ही टिकी है नहीं तो अब तक सारे चोर, लुटेरे, हत्यारे ही हो गए होते। इन तर्कों से गलत कामों की पैरवी मत करो। सही, सही है और गलत, गलत। और अगर ऐसा न

होता तो तुम भी अपनी बेटी की शादी किसी जुआरी, कबाड़ी से ही न कर देते। गलत की उम्र बहुत कम होती है और दिखावा अधिक।'' सुनकर छद्दन मौन थे। तभी चाय नाश्ता आ गया। छद्दन ने कप उठाकर बाबूजी को पकड़ाया और स्वयं कप लेकर बैठ गए।

छद्दन मन ही मन सोच रहे थे कि जैसे भी हो लड़कियों के हाथ पीले हो जाएं तो तसल्ली मिले। लड़के तो जैसे-तैसे ब्याहे ही जाएंगे।

''अब चलता हूँ, कल तुम्हें फोन कर बुला लूँगा।'' कप रखते हुए बाबूजी खड़े हो गए। छद्दन उन्हें द्वार तर छोड़ने आया। मन अभी से कल के निर्णय पर टिक गया था। वैसे उम्मीद तो उसे भी लग रही थी कि बात बन ही जाएगी। और फिर जितने पैसे उसने संकल्पित किये थे उतने में तो ये गरीब परिवार भी ठाठ से रहने लगेगा। नौकरी तो लग ही जाएगी। छद्दन स्वयं के निर्णय से संतुष्ट नजर आ रहे थे।

सुबह के इंतजार में छद्दन की रात कुछ ज्यादा ही बड़ी हो गई थी फिर भी छद्दन ने रात का गेम छोड़कर पूरी नींद ले ली थी, इसलिए जागकर तरोताजा लग रहे थे। सुबह-सुबह जल्दी नहा-धोकर तैयार थे और डायनिंग टेबल पर चाय के साथ आलू के भँरवा पराँठे मसक रहे थे कि तभी मोबाइल बज उठा। नंबर देखा तो किसी हम पेशा का ही था।

''रात को क्यों नहीं आया। साला यही पूछेगा।'' बड़बड़ाते हुए फोन कट कर दिया। तभी फिर घंटी बजी। इस बार नंबर बाबूजी का था। तुरंत उंगलियों में हरकत हुई और मोबाइल कान से लग गया। उधर से आवाज आई ''सुनो छद्दन हमारी बात हो गई है। लड़के की माँ से भी और चयन समिति के एक सदस्य से भी। लिस्ट कल ही निकलनी है पूरे पाँच लाख माँग रहा है।''

''आप उसकी चिंता नहीं करें; मैं रुपए लेकर अभी आ रहा हूँ।''

''सुनो अकेले ही आना। किसी को खबर न लगे।''

''ठीक है।'' कहकर छद्दन ने फोन जेब में रखा और रुपए बैग में और निकल पड़ा। उसे बाबूजी पर पूरा भरोसा था जो एक दो नहीं बीस सालों के अपनेपन से भरे व्यवहारों की देन था।

सचमुच कल की लिस्ट में नाम तीसरे नंबर पर था। अब बात सार्वजनिक रूप से पक्की करने में कोई हर्ज नहीं था। बाबूजी ने अगले दिन का ही मुहूर्त पंडित जी से निकलवा लिए था जो बहुत शुभ था। छद्दन बाबूजी के साथ उसके घर पहुँच गए और लड़के की माँ को पचास हजार देते हुए बोले,

''आज से आप की सारी परेशानी हमारी हुई और हमारी बेटी आपकी। आप अपने लोगों के साथ कल शाम के कार्यक्रम की तैयारी कर लें। बाकी सब हम पर छोड़ दें।'' सुनकर उन बूढ़ी आँखों ने पहले छद्दन और फिर बाबूजी के चेहरे को देखा। तो बाबूजी ने हाँ में सर हिला कर कहा, ''ले लो। कल तक सब हो जाएगा और फिर मैं भी तो हूँ।'' कहकर बाबूजी ने स्वयं ही रुपए लेकर उन काँपते हाथों में थमा दिए। जो कृतज्ञता से अनायास ही जुड़ गए।

''ज्यादा तामझाम करने की जरूरत नहीं है। मैं भी चालीस पचास लोग ही लेकर आऊँगा। बस उन लोगों के ही स्वागत सत्कार का प्रबंध कर लेना। बाकी सब मैं ही कर दूँगा। कहकर छद्दन बाहर निकल आए थे। मन कुछ हल्का सा महसूस हो रहा था। सुबह छद्दन ने स्वयं जाकर हालात देखे और बाबूजी को सारी जिम्मेदारी सौंप कर अपनी व्यवस्था में लग गए।

बीस बाई बीस का टेंट लग गया था और उसके नीचे कुर्सियाँ भी करीने से जमा दी गई थी। सामने चबूतरे पर स्टेज भी सजा दी गई थी। जिस पर पंडित जी कलश जमाये बिराजमान थे। दस बीस लोगों को छोड़ दें तो वहाँ जुआरियों की सारी जमात मौजूद थी जो अपनी हैसियत के हिसाब से सारे कामकाज देख रही थी, ताकि लड़के वालों को कोई परेशानी न हो। वैसे जल्दी में उनके कुछ रिश्तेदार आ भी गए थे, मगर वो भी जले भुने से इधर से उधर टहलकर केवल हालत का जायजा ले रहे थे। साथ ही उस कारण को तलाशने में व्यस्त थे कि आखिर ये सब हुआ कैसे?

छद्दन ये बखूबी समझते थे कि पैसे वालों की गुलामी के लिए हजारों हाथ तैयार रहते हैं, परंतु गरीब की मदद को एकाध ही उठता

हैं। पूरी व्यवस्था उन्हीं को देखनी थी। वहीं शराब के शौकीनों को सख्त हिदायत दी गई थी कि कोई एक बूंद भी पीकर नहीं आएगा। उनके लिए कल दारू पार्टी का इंतजाम हो गया था।

बाबूजी के इशारे के साथ ही फलदान का सामान स्टेज पर लगने लगा था। पंडित जी मंत्रोच्चार के साथ पूजन करा रहे थे। सारे थार लग चुके थे। छद्दन ने बाबूजी को एक ओर बुलाकर कहा, "बाबूजी ये पैसे आप ही थार में रख देना और लड़के से जरूरी कार्यक्रम करा देना।"

"तुम भी तो आओ।" बाबूजी ने कहा।

"नहीं मैं अपने संगी साथियों के साथ ही बैठूँगा। सब आप की ही देन है।" छद्दन कहकर मुस्कुराकर चल दिए।

बाबूजी थार में रुपयों की गड्डियाँ एक एक कर रखते जा रहे थे। और लड़के वालों की तरफ से जुटे लोगों के मुंह खुलते ही जा रहे थे। दिमाग का दही जम गया था। तभी उन्हीं में से एक औरत बोली, "भाग खुल गए मताई बेटा के, सात पीढ़ियों ने इतना नहीं देखा होगा जो एक पल में मौड़ी के बाप ने दे दिया। सब दालिद्दर दूर हो जाएंगे।"

"बहुत बड़े जुआरी हैं। रात कें हमाये वे बता रये हते। जइसें लाखन रुपए लुटा दये।" वहीं खड़ी औरतें आपस में खुसर-फुसर कर रहीं थी। कुछ तो गिरावट के निम्नतम स्तर तक आकर ही रुकीं। कुछ अब भी लगातार आगे जा रही थीं। शायद ये भीतर सुलगती ईर्ष्या का ही परिणाम था जो हर बार एक नया काल्पनिक कारण, कोई न कोई प्रस्तुत कर ही देता। इन्हीं सब बातों और अनुमानों के बीच कार्यक्रम अपनी गति से आगे बढ़ रहा था।

छद्दन ये खूब समझते थे कि ये चर्चा का विषय तो बनेगा ही और जब तक शादी न हो जाए तब तक ये सब चलने वाला ही था। इसीलिए उन्होंने कुछ भी कहने सुनने से मना ही कर दिया था। और लड़के वालों को भी समझा दिया था कि इन सब बातों की परवाह न करें।

देर रात तक बढ़िया स्वागत सत्कार के साथ धरोहर और फलदान का कार्य भी संपन्न हो गया था। छद्दन ने सात लाख रुपए थाल में रखे थे। वरपक्ष के रिश्तेदारों में खुसर-फुसर ने अब खुली चर्चा का रूप ले

लिया था जो देर रात तक होती रही। सभी कुछ-न-कुछ कह ही रहे थे कि संबंध क्या हुआ लाटरी लग गई। छद्दन ने लड़के को एकांत में बुलाकर कहा, ''इन पैसों से तुम एक अच्छा-सा मकान बनवा लेना। उसके बाद ही शादी करेंगे। कमी पड़े तो बता देना।'' लड़के ने भी छद्दन का मंतव्य समझ कर आश्वासन दे दिया था।

छद्दन के इस निर्णय की खूब वाहवाही हो रही थी। परिणाम ये हुआ कि साल भर के भीतर ही छद्दन ने बड़े ही धूमधाम से अपनी दोनों बेटियों को ब्याह लिया था और जिम्मेदारी से मुक्त हो गए थे। लड़के भी अब उन्हीं की विरासत को सँभाल रहे थे इसलिए उन्होंने भी सोच ही लिया था कि कोई पढ़ी-लिखी खानदानी लड़की तो देगा नहीं। कोई उन्हीं के जैसा करेगा, इसीलिए अब चिंता की कोई बात नहीं है। जीवन अब पुराने ढर्रे पर लौटने लगा था।

छद्दन के लिए अब शराफत का चोला उतारने का समय आ गया था। और फिर पत्ता पकड़े कई महीने हो गए थे। इसीलिए आज मछली और दारूपार्टी का आयोजन कुछ दोस्तों के साथ कहीं रखा गया था। उसके बाद गेम के लिए झाँसी की रवानगी थी।

दो पैग भीतर गए ही थे कि वे बोले, ''यार शिब्बू, ईमानदारी और मेहनत से तो साला पेट भी नहीं भरता। मैंने मेहनत करके भी दो वक्त की रोटी नहीं खाई, न जाने कितने ठठकरम किये, मगर कुछ नहीं हुआ। बताओ जुआ नहीं खेलता तो क्या करता? आज साला पैसे में छद्दन के सामने नगर का कोई जुआरी, इज्जतदार नहीं ठहरता और ये सभी जानते हैं, परंतु भोसड़ी के जुआरियों को इज्जत नहीं मिलती। न मिले, अपनी अम्मा चु...। ऐश तो मिलती है वही बहुत है।''

''छद्दन भाई तुम्हें चढ़ने लगी है अब बस करो, रोटी खाते हैं, सब तैयार है।'' शिब्बू ने कहकर बोतल एक ओर खिसका दी और थाली परोस दी।

खाने और बातों में दो घंटे लग गए थे। छद्दन का नशा भी कम हो गया था।

''चलो अब चला जाए पहुँचने में भी तीन घंटे लगेंगे।'' शिब्बू ने

कहा और रुपयों का बैग उठाकर खड़े हो गए। छद्दन भी पीछे-पीछे गाड़ी में चढ़ गए।

''झाँसी पहुँचते-पहुँचते तो उतर ही जाएगी। शिब्बू ने मन-ही-मन सोचते हुए गाड़ी स्टार्ट कर ली और झाँसी की ओर चल पड़े।

इस सब के बावजूद छद्दन के मन में एक बात घर कर गई थी कि कुछ-न-कुछ ऐसा किया जाए जिससे समाज में उनके नाम के साथ जुआरी होने का ठप्पा हट जाए। जिसके लिए वे उचित समय का इंतजार भी कर रहे थे। लड़कों से तो वे उम्मीद बहुत पहले ही छोड़ चुके थे। वे सब भी पढ़ाई छोड़कर बावन पत्तों में उलझ गए थे।

6.

जीवन में जितनी चाह बढ़ती जाती है आदमी उतना ही असंवेदनशील भी होता जाता है, और फिर उसी का स्वार्थ उसी के मानवीय गुणों को खा जाता है। तब व्यक्ति को न गरीब की आह सुनाई देती है और न किसी की पीड़ा दिखाई देती है। स्वयं की बढ़ी भूख के आगे उसे किसी और के भूख से बिलबिलाते बच्चे भी नजर नहीं आते हैं। पैसे की चाहत तो आदमी को और भी घृणास्पद बना देती है। जुए ने कई घर परिवार लील लिए थे तो वहीं कई झूठे, चोर-उचक्कों को पैदा भी कर दिया था, जो एक दूसरे को भी नहीं बख्श रहे थे। फिर भी इसका करोबार खूब फलफूल रहा था।

कुछ ही दिन पुरानी बात है। कम्मो बुआ एक दो फायनेंसरों को चुकता कर लौट रहीं थीं, तभी जोटीलाल और धीरुभाई रास्ते में मिल गए। दोनों ने नमस्ते किया तो बुआ बिफर पड़ीं। ''तुम्हारा कर्जा तो नहीं चढ़ा है कोमल पर, आज उसी को चुकाने निकलीं हूँ। जिंदगी नरक कर दी है नाशमिटे ने!''

''जिस दिन से आप ने मना किया है हमने तो एक धेला भी नहीं दिया।'' दोनों ने सफाई दी।

''और कभी देना भी नहीं, एक पाई भी नहीं मिलेगी। समझ लेना।'' बुआ का आक्रोश धमकी बन बिखर गया।

''क्या करोगी इतने पैसों का थोड़ा उसे भी दे दिया करो कम-से-कम ब्याज तो बचेगा?'' जोटीलाल ने कहा।

''तुम सब तो यही चाहते हो। और फिर मैंने जुआ शराब के लिए ही तो कमाया है पेट काट, काटकर। लूट लो उस बेवकूफ को!'' कहकर तेज कदमों से बुआ आगे बढ़ गई।

कम्मो बुआ आज फिर ऐसे ही कुछ व्यक्तियों को कोस रहीं थी। उनका मानना था कि कुछ लालची किस्म के लोगों ने उनके बिना बाप के इकलौते बेटे कोमलकांत को अव्वल दर्जे का शराबी और जुआरी बना दिया है। और वो तमाम मजबूरियों और कमजोरियों के कारण किसी से कुछ न कह सकीं। देखते-देखते उनका लड़का हाथ से निकल गया। इन सब के बावजूद वो मायके में रहने के कारण जगत बुआ जरूर बन गई थीं। कंजूसी के लिए जितनी वे प्रसिद्ध थी, उनके लड़के ने फिजूल खर्ची में उतना ही नाम कमाया था। जब घी सीधी उँगली से नहीं निकला तो उसने उँगली टेढ़ी कर ली और अपनी माता जी से पैसे निकालने का ये नायाब तरीका ढूढ़ लिया था।

वह अपने शौक जैसे सिगरेट, शराब, जुआ आदि के लिए दोस्तों और जुए के तात्कालिक फायनेंसरों से उल्टे सीधे ब्याज पर पैसे उधार ले लेता था। और जब बात हद से गुजर जाती तो अपनी माता जी का टेंटुआ पकड़ लेता और वो रो-धोकर उसे अपनी येन-केन-प्रकारेण पाई-पाई से जोड़ी कमाई से चुका आतीं। ये सब हालात तब थे जब बुआ जी ने कोमलकांत को सरकारी नौकरी में लगवा दिया था और ब्याह कर उसकी गृहस्थी बसा दी थी।

उसकी जरूरतें कैसे बढ़ी थीं और वह कैसे इतना बिगड़ गया था? ये अलग और पुराना विषय है, परंतु नित नये आर्थिक नुकसानों ने बुआ जी की नींद जरूर उड़ा दी थी।

आज सुबह-सुबह ही बुआ जी मुहल्ले में आकर शिब्बू को तलाश रहीं थीं। कोमल सत्तर हजार की मोटरसाइकिल बीस हजार में गिरवी रखकर जुए में उड़ा आया था और वो तमाम खोज-खबर के बाद शिब्बू के यहाँ तक आ पाईं थीं।

बच्चू को देखते ही बोलीं, ''ये शिब्बू कहाँ रहता है? उसके पुराने मकान पर गई थी और उन्होंने इसी मुहल्ले का नाम बताया है।'' बच्चू ने शरीफ और सभ्य आदमी की तरह उन्हें शिब्बू के घर की तरफ इशारे से बता दिया। मोटरसाइकिल बाहर ही रखी थी। शिब्बू कहीं से लौटकर अभी-अभी ही आए थे। बुआ ने मोटरसाइकिल के करीब पहुँचकर बड़ी ममता से हाथ फेरा, क्योंकि वो भी कभी-कभी इस पर सवारी कर लिया करतीं थी। और फिर शिब्बू को आवाज दी। शिब्बू ने आकर बड़ी विनम्रता के कहा, ''आप परेशान क्यों हुईं, कोई काम था तो कोमल से मुझे फोन करवा दिया होता मैं आ जाता।''

''बेटा जिसका कोमल जैसा होनहार लड़का हो उसे तो इन परेशानियों की आदत अपने-आप ही पड़ जाती है।'' सुनकर शिब्बू सकुंचाये तो बुआ जी मुद्दे पर आ गईं।

''कितने में रखी है?''

''बीस में।''

''और ब्याज ?''

''अब आप आईं हैं तो क्या कहूँ? जो ठीक लगे...।'' सुनकर बुआ ने पर्स खोला और पहले गिनकर रखे बीस हजार रुपए शिब्बू को थमा दिए। फिर दो सौ और दिए, मगर शिब्बू ने नहीं लिए। जिससे बुआ जी का गुस्सा जाता रहा। कहते हैं भागते भूत की लँगोटी ही बहुत है। नोट जेब में रखते हुए शिब्बू ने कहा, ''चाय बन गई है; कह आया था।'' बुआ जी मना नहीं कर सकीं आखिर कुछ एहसान मानना तो बनता ही है। चुपचाप शिब्बू के पीछे हो गईं।

चाय बिस्किट तैयार रखे थे। कम्मो बुआ ने कप उठाते हुए कहा, ''कोमल तो तुम्हारे साथ उठता-बैठता है उसे समझा दिया करो कि थोड़ा समझदारी से चले। ऐसे लुटाने से तो कुँए भी रीत जाते हैं।''

“हमने तो कई बार कहा है कि ये शराब छोड़ दे, मगर पता नहीं क्यों उसकी समझ में नहीं आता है। उसके खर्चे भी तो बहुत हैं।” शिब्बू ने कहा।

“इसी बात का तो रोना है कि इस लड़के को भला-बुरा कुछ भी नहीं सूझता?” कहते हुए बुआ के शब्दों में निराशा साफ झलक रही थी। वे उठीं और चल पड़ीं। शिब्बू उन्हें बाहर तक छोड़ने आया था। वह उन्हें जाते हुए देखकर एक कुटिल मुस्कुराहट के साथ बुदबुदाने लगा, “घोड़ा घास से यारी करेगा तो खाएगा क्या?”

शिब्बू के निर्माणाधीन मकान पर आज भी भीड़ जुट आई थी। हाथ में चार गड्डी पकड़े उम्मीद सिंह आ पहुँचे थे। कल साफ-सफाई कर खेलने लायक जगह बना ली गई थी। बड़ा गेम अभी बंद चल रहा था। देखा-देखी केशू ,अख्खे आदि भी आ चुके थे और कुछ फोन कर बुला लिए गए थे। जेतीलाल को भी भनक लग गई थी तो आज वो भी आ धमके थे।

ग्राम बखेड़ी की वो घटना आज भी चर्चा का विषय बनी हुई थी। जिसमें बच्चू और जेतीलाल शामिल थे। घटनाक्रम कुछ इस तरह घटा था कि किसी को भूले नहीं भूल रहा था। खेतों पर जुआ खिलते हुए सात आठ दिन हो गए थे। बच्चू और जेती पाँच सात हजार रोज के छाप रहे थे इसीलिए दाढ़ लपकी हुई थी। इसीलिए दोनों की नहा-धोकर और खा-पीकर नौ बजे हाजरी लग जाती थी।

उस दिन कुछ पुलिसिए सिवलड्रेस में भी हाथ आजमा रहे थे। चार पाँच थानों की पुलिस ने मिलकर पूरी फील्डिंग लगा रखी थी। फोन पर नियत स्थान बता दिया था। चारों तरफ से दविश दी गई थी। शोर शराबे में जिसे जहाँ जगह मिली भाग खड़ा हुआ। उस दिन को याद करते हुए जेतीलाल बोले,

“वो तो सरसों की ‘आदमी-डुब्बाँ’ फसल ने बचा लिया वरना पकड़े ही गए थे। मैं तो भागकर खेत में चार घंटे पड़ा रहा। पुलिस के जाने के बाद भी।” जेतीलाल की बात आगे बढ़ती इससे पहले बच्चू

अपने कटु अनुभव लेकर कूँद पड़े, "मैं तो एक चार पाँच फुट गहरे गड्ढे में पड़ा रहा। जब पुलिस चली गई उसके बाद ही मैं निकला और पैदल ही घर आया।

"पैदल तो मैं भी आया था पर तुम मिले नहीं। शायद में ही देर तक दुबका रहा" जेतीलाल ने चौंकते हुए कहा और फिर आगे कहने लगे।

"शायद एक दो हाथ लग भी गए थे। कुछ मिला जुला नहीं इसीलिए पुलिस वाले खिसियाहट से भरे थे। पूरी उन्हीं पर उतरी! मैं तो पड़ा सुनता रहा। थानेदार कह रहा था, "इन मादर चो...से पूछो कहाँ छुपे हैं?" फिर थप्पड़ों चीखों की आवाजें आतीं रहीं और सालों ने मिलकर आसपास के सारे खेत छान मारे वो तो किश्मत अच्छी थी जो बच गए।"

"प्राण तो मेरे भी टेंटुआ में फँसे थे, डर तो कुटाई का ही था। चिंता पैसों की नहीं थी। बहुत पुलिस थी। हरामखोर एक-एक भी मारते तो अधमरे हो जाते।" कहकर बच्चू ने ईश्वर को धन्यवाद दिया।

तभी केशू ने कहा, "मरे तो नहीं? तो फिर छोड़ो इन बेकार की बातों को, चलो गेम शुरू करो, ये सब तो चलता ही रहता है। मेरी अनुभव सुनोगे तो साले सोचकर ही मर जाओगे।" सभी केशू की बात से सहमत थे। बच्चू ने खेलने से मना कर दिया तो केशू ने कहा, "चल यार क्यों भाव-खा रहा है?"

"नहीं, मुझे नहीं खेलना है। पैसे भी नहीं है। ये शिब्बू ने फँसा दिया। किचन में एक पत्थर लगवाने में ही सात आठ हजार घुस गए।" बच्चू ने अफसोस जाहिर किया। तभी अख्खे ने फुलझड़ी छोड़ी, "बहुत रोता है तू। जब देखो तब पैसे ही नहीं हैं फिर इं सब कामों के लिए कहाँ से आ जाता हैं?"

"भौजाई का बंबू पिला रहता; लाएगा नहीं तो रोटी भी नहीं मिलेगी।" जेती ने भी बीच में मजा ले लिया।

"क्यों दिमाग चुग रहे हो? नहीं खेलना मतलब नहीं खेलना। जाकर अपना काम करो।" बच्चू ने भीतरी आक्रोश प्रगट कर दिया। जिसका असर हुआ।

"छोड़ो, अपुन चार पाँच ही बहुत हैं।" न, न करते हुए जेती भी तैयार हो ही गए। सभी बच्चू को वहीं छोड़ शिब्बू की छत पर चढ़ गए।

"आज कोई और खेल शुरू करो। चार गड्डियों से तो दिमाग खराब हो जाता है।" केशू ने कहा।

"तुम ठहरे लाखों इधर-उधर करने वाले तुम्हें दस रुपईया पौंड वाली पपलू क्यों अच्छी लगेगी, मगर ये टाइम पास है। दिन भर हजार पाँच सौ में कट जाता है।" उम्मेद सिंह ने कहा। उनके वोट अधिक थे। लिहाजा पपलू सर्व सम्मति से चालू हो गया।

7.

रामजस अर्थात आर. जे. एक लम्बे और गुमनाम अंतराल के बाद अपने कार्य प्रवास से लौट आया था। खुशी तो सभी को थी, परंतु उन्हें अधिक थी जिन्होंने उसे पैसे उधार दिए थे। अब उम्मीद तो बँध रही थी कि मिल जाएंगे, मगर विश्वास पैसे हाथ में लेने पर ही आएगा। ऐसा सोचने के पीछे एक आम धारणा थी कि हारा हुआ जुआरी गर्म तवे पर भी बैठ जाए तब भी वो विश्वास पात्र नहीं होता। साहूकार के लिए तो बिल्कुल नहीं।

वैसे तो अधिकाँश लोग उसे कोसकर और गरियाने के बाद भूल ही गए थे, मगर इस खबर ने कि आर.जे. बापस आ गया है। कहीं-न-कहीं राख में दबी चिंगारी को हवा दे दी थी। शिब्बू उसके घर के दो चक्कर लगाकर लौट आए थे, परंतु मुलाकात नहीं हो पाई थी।

उन्हें एक बात सबसे अधिक परेशान कर रही थी कि कहीं उसके पैसे खत्म हो गए तो फिर गई बात लम्बी। पहले आओ और पहले पाओ की तर्ज पर उसी के मुहल्ले वालों ने द्वार पर धरना देकर आधे-परदे रुपए तो निकाल लिए थे। दूर वाले यहाँ पीछे रह गए थे, फिर भी वे आशावादी होकर उसे खोजने के प्रयास में लगे थे। पुरानी चर्चाओं के आधार पर शिब्बू ये तो जानते ही थे कि कम-से-कम दस बारह लोगों

से रकम झटककर ही गए थे आर.जे. महाशय, इसीलिए शिब्बू का मन उसकी शक्ल देखने को मचल रहा था।

इस प्रकार की चीथाचाथी से दूर आर.जे. अपने शयनकक्ष में विश्राम फरमा रहे थे। उन्होंने घर वालों को कह रखा था कि कोई भी पूछे तो यही कहना कि अभी थोड़ी देर पहले ही निकल गए हैं। घरवाले भी यही सोचकर बात मान रहे थे कि हो सकता है कि कुछ कमा धमाकर लाया हो! जो सिर्फ एक सुखद उम्मीद ही थी; भरोसा तो उन्हें भी नहीं था। और फिर इतने दिनों बाद लौटा है ऐसा वैसा कुछ करेंगे तो लोग क्या कहेंगे? एक कारण ये भी था।

आर.जे. अपने समय में एक सुंदर, अच्छी कदकाठी के डोले-शोले वाले नौजवान हुआ करते थे। ये बाडी उन्होंने जिम-बिम जाकर नहीं बनाई थी। पशुओं के चारे को हाथ से चलने वाली मशीन से काटते-काटते अपने आप बन गई थी। तब उनकी महत्त्वाकांक्षा बहुत कम थीं, या यूं कहें कि दूध रोटी और कपड़ों तक ही सीमित थी। कहते हैं कि नौकरी और छोकरी तकदीर से मिलती हैं और इन मामलों में उनकी कुछ अधिक ही खराब थी। दस तक पढ़ने के बाद भी न नौकरी मिली और न छोकरी। तब भी जीवन की गाड़ी अच्छी चल रही थी, मगर रुआब और रहीसी की तमन्ना उनके मन में कहीं भीतर पनप रही थी जिसका उन्हें पता ही नहीं था।

समय आगे बढ़ गया इतना कि छोटे भाई को सेना में नौकरी मिल गई और फिर ब्याह भी हो गया। खुशियों के साथ घर में एक चीज और आ गई, वो थी दारू, वो भी मिलिट्री कैंटीन की शुद्ध जिसे सेना के जवान शीत और अकेलापन दूर करने के लिए पी लिया करते थे।

छोटे भाई भी आदतानुसार एक दो पैग ले रहे थे तभी ये भी पहुँच गए। देखकर मन हुआ तो छोटे भाई भी मना न कर सके और सोमरस मुंह लग गया। फिर धीरे-धीरे ऐसा लगा कि उसके बिना रहा ही नहीं जाता था। भंडारण खत्म हुआ तो शर्माते-शर्माते ठेके तक पहुँच गए और फिर शर्म भी जाती रही।

बात और बढ़ी तो सुरा, सुंदरी की कामना करने लगी और फिर महत्त्वाकांक्षा का बीज अनुकूलता पाकर अंकुरित हो बैठा और आर.जे. छोटे भाई की कमाई से निरंतर उसे खाद पानी देते रहे।

अकर्मण्यता जब स्वार्थी हो जाती है तो वह किसी को भी नहीं छोड़ती है फिर चाहे वो कितना ही नजदीकी रिश्ता हो या फिर व्यक्ति। आर. जे. भी कुछ इसी राह पर चल पड़े थे। परिवारिक जरूरतों की पूर्ति में बाधक बन उसे तोड़ने में मददगार बन गए।

छोटे भाई के साथ रहते हुए तनिक भी नहीं सुधरे। जब वे धैर्य की सीमा पार कर गए तो उन्हें समझाया गया, मगर वे नहीं माने। भला पति जान हथेली पर रखकर रुपए कमाए और कोई उसे जुए शराब में उड़ा दे तो कौन पत्नी बर्दास्त करेगी? परिणाम स्वरूप उपेक्षित और तिरस्कृत होकर फिर वहीं लौट आए जाहाँ से चले थे, मगर साख खोकर...। फिर भी छत तो मिल ही गई थी।

इन सब के बावजूद उनके तर्क और सिद्धांत अब भी वही थे। जैसे कि सरकार जिस चीज को बंद करती है वो दुगुनी तिगुनी मात्रा में उपलब्ध हो जाती है। उनका सीधा मतलब जुआ, शराब और स्त्री देह से रहता था, क्योंकि यही उनकी जरूरत थी।

अखबारों में जब बलात्कार की खबरें आतीं थीं तो पढ़कर उनकी सरकार को हमेशा यही राय रहती थी कि हर गाँव और शहर मैं रंडी खाने खुलवा दिए जाएं तो एक भी बलात्कार नहीं होगा। भला जो चीज सौ-दो-सौ में मिल जाए उसके लिए आदमी फाँसी थोड़े ही चढ़ेगा। दिन भर मेहनत करके जरूरत लायक तो कमा ही लेगा। इसी तरह के वास्तविक और जमीनी दर्शन ने उन्हें सर्वभक्षी तो बना ही दिया था। कई हुनरों और गुणों से परिपूर्ण भी कर दिया था।

उनके ऐबों की पूर्ती जुए के सहारे हो रही थी, मगर जब हारते थे तो समस्या दुगुनी होकर सामने खड़ी हो जाती, और जब कई गुनी बढ़ी तो जमीन जायजाद भी ले गई। तब भी कुछ लोग रह गए थे जिनका कर्ज उतारने और रोज-रोज की चीथाचाथी से बचने के लिए वे बाहर काम करने चले गए थे। इसी आशा के साथ कि अब उनका समय

बदल जाएगा, परंतु नहीं बदला क्योंकि दुनिया में ऐसी कोई जगह नहीं है जहाँ शराब, जुआ और स्त्री देह की तलब न लगे और वह उपलब्ध न हो। परिणाम यही हुआ कि 'सौ दिन चले आढ़ाई कोस।'

आखिर एक दिन उन्हें शिब्बू ने गेम खेलते हुए धर ही लिया। इत्तफाकन वो जीत में ही चल रहे थे, "आज तो पकड़े गए आर.जे.। यकीनन जब सौ झूठे मरे होंगे तब तुम इस दुनिया में अवतरित हुए थे। पैसे निकालो।"

"ले लेना हम कहाँ भागे जा रहे हैं?"

"तुम भागों या बने रहो हमें तो पैसों से मतलब है।" बात बहुत आगे बढ़ाने लगी तो खेल रुक गया। तभी धीरूभाई ने कहा, "दे क्यों नहीं देते बेकार का तमाशा कर रहे हो?" आर.जे. ने आँखें तरेरी, मगर उनका प्रभाव नहीं पड़ा। अंततः मूल रकम के बीस हजार देने ही पड़े और जब बात ब्याज पर आई तो दो हजार देकर मामला रफादफा करवा दिया गया। शिब्बू संतोष कर चले गए। खेल फिर शुरू हो गया। अपशगुन हो गया था। आर.जे. बचे पैसे हारकर लौट आए थे।

भलमनसाहत वाले लोगों ने तो अपने पैसे डूबे मानकर सब भगवान पर छोड़ दिया था और जो ले सकते थे उन्होंने जैसे-तैसे कुछ-न-कुछ ले ही लिए थे। कुल मिलाकर आर.जे. के लिए हालात अब स्वतंत्र विचरण लायक हो गए थे।

आर.जे को घर लौटने में ग्यारह बज गए थे। भूख से आंतें कुलबुला रही थीं, परंतु घर में सभी सो रहे थे। जिन्हें जगाना उन्होंने मुनासिब नहीं समझा। मटके से दो गिलास पानी पिया और बाहर ही चारपाई बिछाकर लेट गए। आसमान में तारों की बुंदकियाँ टिमटिमा रहीं थीं। इसके बावजूद भी चाँद बिल्कुल अकेला ही था आर.जे. की तरह ही। सोने की कोशिश बेकार ही रही। व्यथित मन कुछ पिछले घटनाक्रम से जुड़ता जा रहा था।

आर.जे. को आज भी अच्छी तरह से याद है कि उसके पास दो रास्ते थे एक जिम्मेदारी की तरफ जाता था और दूसरा ऐशोआराम की तरफ। तब उसने ऐशोआराम वाला ही चुना था। जिम्मेदारियाँ उसे कभी

नहीं भायीं। उसने सिर्फ अपने ही बारे में सोचा था और बड़े भाई के बड़े परिवार को छोड़कर उसने छोटे के साथ रहना पसंद किया था। उस दिन भी वह उसी तरह से सोच रहा था जब वह अपने छोटे भाई के सामने अपराधी की तरह बैठा था।

''तुमने सारे पैसे जुए में उड़ा दिए। ये भी नहीं सोचा कि तुम्हारा भाई इन्हें कैसे कमाता है? सुना है तुम पर कर्ज भी है। मेरी नौकरी बहुत जोखिम वाली है; और मैं अपने बच्चों के बेहतर भविष्य के लिए कमाता हूँ, जुए के लिए नहीं। मैं इस तरह के तनाव या फिक्र नहीं पाल सकता। तुम नहीं सुधर सकते तो अलग हो जाओ और जहाँ अच्छा लगे रहो।''

सुनकर वह अब भी मौन था क्योंकि उसे लग रहा था कि भाई का क्रोध शांत होते ही सब ठीक हो जाएगा। जैसा कि पहले भी हो चुका था।

दो, तीन, चार दिन ऐसे ही गुजर गए। न उसे सम्मान से रोटी मिली और न दो शब्द। उसकी अंतरात्मा उसे कचोट रही थी। मन ग्लानि से भर रहा था, मगर स्वार्थ उससे कहीं अधिक प्रबल था जो आत्मसम्मान वाली सभी बातों को यूँ ही नकारे जा रहा था। शाम को कहीं से घूमकर घर लौटकर आए भाई से उसने बड़ी ही बेशर्मी से कहा।

''मुझे बीस हजार रुपए चाहिए। किसी को देने हैं। तुम्हारे नौकरी से लौटने पर देने का वादा किया था।'' उसके स्वर में हताशा के भाव थे।

''मेरे पास नहीं हैं। मुझसे पूछकर तो नहीं लिए थे और न घर गृहस्थी के कार्यों के लिए लिए थे।'' भाई ने बड़ी बेरुखी से कहा।

''मैंने तुम्हारे ही दम पर ले लिए थे और तुम स्वयं कह गए थे कि दस बीस हजार का खेल लेना। तुम मुझे निराश नहीं करोगे।''

''तुम बहुत आगे बढ़ गए हो। मैं तुम्हारे शौक पूरे नहीं कर सकता, और फिर तुम्हारे गलत आचरणों का मेरे बच्चों पर भी तो गलत प्रभाव पड़ेगा इसलिए तुम्हारा यहाँ रहना भी मुझे खल रहा है, और फिर तुम अब रोज पीने भी लगे हो।''

''तुम्हारे किसी ने कान भरे हैं। मैंने ऐसा कुछ भी नहीं किया और फिर शराब तो तुम्हीं ने सिखाई थी। हाँ! कभी-कभी जरूर पी लेता हूँ।''

''कभी कभार की बात और है, और फिर मैंने ये तो नहीं कहा था कि तुम घर परिवार की मान मर्यादा छोड़कर शराबी, जुआरी हो जाओ।''

''अब जो हो गया सो हो गया आगे से ख्याल रखूँगा, बस मेरा ये कर्जा उतार दो; मैंने गलत आदमी से ले लिया है।'' कहकर वह रोने लगा।

''मैं अब इन झांसों में नहीं आने वाला, परंतु तुम्हें एक शर्त पर रुपए दे सकता हूँ कि तुम पैसे लेकर इस घर से चले जाओ और हमें शांति से रहने दो।''

''ठीक है। सुबह चला जाऊँगा।'' कहकर वह उठा और अपने कपड़े समेटने लगा। उसे इतने अपमान और तिरस्कार की तनिक भी आशा नहीं थी। उसका मन कर रहा था कि दुनिया को आग लगा दे, परंतु अभी तो ये सवाल मुंह बाये खड़ा था कि वह लौटकर बड़े भाई के पास कैसे जाएगा? तभी उसे याद आया कि अभी तो उसके पास उसके हिस्से की कुछ जमीन और थोड़ा-सा मकान भी है। वह उसके सहारे बड़े भाई के पास जा सकता है। उन्हें तो उसकी जरूरत भी है।

सुबह उसने छोटे भाई से पैसे लिए और सामान समेटकर बड़े भाई के पास पहुँच गया। उन्होंने उसे अपना भी लिया। साथ ही ये हिदायत भी दी कि वह जुए और शराब से बिल्कुल दूर रहेगा क्योंकि वे उसकी एक रुपए की भी मदद नहीं करेंगे, और उसे घर का काम भी करना पड़ेगा, बदले में वह एक भाई की तरह उन्हीं के साथ खाते-पीते हुए खुशी से रह सकता है।

आर.जे. फिर से वही पुराने रामजस बनने की कोशिश में लग गए थे, मगर इस बात की सच्चाई पर संदेह तो सभी को था। इसी संदेह और अनिश्चितता में साल भर होने को था। दीपावली पर फिर उसने हाथ आजमाया। किश्मत ने साथ दिया और दो-तीन दिन में ही करीब पचास हजार की रकम उसके पास जमा हो गई थी। जिसमें से उसने दस हजार बड़े भाई को दे दिए थे और कुछ पैसे बच्चों पर भी खर्च किये थे। सभी खुश थे। बड़े भाई ने जीत की खुशी में शामिल न होने

की बात तो कही नहीं थी। हाँ! हारने के दु:ख में किसी भी तरह की मदद की उम्मीद न रखें, ये जरूर कड़े शब्दों में कहा था।

कहते हैं कि जुआरी को तो पैसे काटते हैं। आर.जे. को भी काट रहे थे। आज भी कुछ जीतकर ही लौटा था और बहुत सारा सामान भी साथ लाया था। थोड़ी दारू भी पी ली थी, मगर इस पर किसी ने ध्यान ही नहीं दिया।

धीरे-धीरे आर.जे. फिर उसी सुरा-सुंदरी वाले पुराने रंग पर आ गए थे। जिस पर उनका तर्क था कि घर का काम तो वे कर ही रहे हैं और उनसे पैसे भी नहीं ले रहे हैं तो फिर किसी को कोई दिक्कत भी नहीं होनी चाहिए। उनका एक तर्क और था कि उनके कोई लाजवंती तो बैठी नहीं है तो फिर किसके लिए जोड़ना? ऐश ही किया जाए।

जुआरी यदि हार जीत का हिसाब रखे तो पागल ही हो जाए। इसी पागलपंथी से बचते हुए आर.जे. ने भी कभी कोई हिसाब-किताब नहीं रखा, लिहाजा इसी बेहिसाबी में साल-दो-साल में ही उनकी आधी से अधिक जमीन जाती रही थी, परंतु उनके तर्क अब भी यथावत ही थे। जब कुछ और गई तो उन्हें चिंता होने लगी कि यहाँ से भी दाना-पानी न उठ जाए इसीलिए बाकी बची जमीन बड़े भाई के ही नाम करा दी। उन्होंने जीवन का यही एक दूरदर्शिता वाला काम किया था। ये सोचकर कि रोटी, कपड़ा और मकान तो बना ही रहेगा। जिससे वे स्वयं भी संतुष्ट थे और उनके बड़े भाई भी क्योंकि अब मैंटने के लिए रामजस के पास कुछ भी नहीं बचा था।

इसीलिए आज आर.जे. ने खुशी में पी ली थी, और फिर बच्चों के बीच बैठकर इमोशनल ड्रामा कर रहा था। इस सब के बावजूद आर.जे. को ये समझ में आ गया था कि अब उनके लिए समय बदल गया है। जो मान सम्मान था, वो तो पहले ही चला गया था और अब जायजाद भी गई। इसीलिए अब विकल्प हीनता के कारण उन्हें सुधरकर रहने में ही भलाई नजर आ रही थी; ताकि यहाँ से भी दाना पानी न उठे। जिसके लिए उन्होंने प्रयत्न भी शुरू कर दिए थे।

आर.जे. के अधिकाँश दिन घर गृहस्थी के कामों में ही गुजर रहे थे। सुबह गाय भैंसों के गोबर कूरा से लेकर और भी तमाम काम उन्हीं की जिम्मेदारियों में शामिल थे जिन्हें निभाने के अतिरिक्त उनके पास और कोई विकल्प भी तो नहीं था, वरना आर.जे. कब किसी के बाँधे टिके हैं। फिर भी वो मुहल्ले के नवोदित जुआरियों के साथ सौ, दो सौ इधर-उधर तो कर ही लेते थे। जिससे उनकी धुँआ-दारू का खर्च निकल ही आता था। समय को देखते हुए फिलहाल उन्होंने लखपति बनने का विचार छोड़ दिया था। फिर भी जब कभी हजार-दो-हजार की आमदनी हो जाती तो कुछ और प्रकृतिजन्य दैहिक जरूरतों वाले शौक भी पूरे हो जाते थे या फिर पुराने दिनों को याद करने के बहाने धीरूभाई के ठिकाने की तरफ घूमकर भीतर बाहर कर लिया करते थे इसी उम्मीद के साथ कि कभी तो समय बदलेगा।

ऐसे ही एक सुबह वे गोबर फैंकने के लिए तसला भर रहे थे तभी भद्दू सेठ ने आकर कहा, ''महाराज पालागन।'' आर.जे. ने भी आदतन ''खुश रहो।'' कहते हुए नजर उठाकर देखा। ऐसा वे इसलिए करते थे कि वे जन्म से ब्राह्मण थे। कर्म से जो थे वे उसी का फल भी भोग रहे थे, इसीलिए वो महत्त्वपूर्ण नहीं है। पाँचफुटिया गोलमटोल धोती कुरता धारी, जिनकी गोल आँखों में प्रेम के साथ हताशा से परिपूर्ण रिरियाहट भी भरी थी। सामने खड़े भद्दू को देख मुस्कुरा दिए। बदले में भद्दू ने भी मुस्कुराकर कहा,

''महाराज, आशीर्वचन तो हो गए। अब कुछ लेन-देन भी हो जाता तो हम वास्तव में खुश हो जाते।''

''ले लेना, अब कौन-सा भागे जा रहे हैं! वैसे भी अभी पैसे तो हैं नहीं और फिर महीना भर से तो ताश छुए भी नहीं हैं। अब तो सब्र करना ही पड़ेगा। सोच रहा हूँ कहीं काम पर चला जाऊँ तो तुम से फुरसत हो। वैसे मैं बेईमान नहीं हूँ, वो तो मजबूरी है ये तो तुम भी जानते ही हो!''

''महाराज, यदि जानने से काम चल जाता तो यहाँ क्यों आता?''

''बेकार भागते रहते हो। पैसे तो तभी मिलेंगे जब होंगे; और जब आ जाएंगे तो मैं खुद दे आऊँगा।'' भद्दू, आर.जे. की स्पष्टवादिता के कायल हुए जा रहे थे। साथ ही ये भी सोच रहे थे कि यदि वे सक्षम होते तो आज फैसला कर के ही जाते फिर चाहे उन्हें जेल ही क्यों न जाना पड़ता, मगर वे सक्षम नहीं थे इसीलिए वे उस दिन को कोस रहे थे जब इसकी बातों में आ गए थे! फिर खुद को नियंत्रित करके बोले,

''कोई तारीख तो रख देते।''

''जिस दिन भी पैसे आ गए उसी दिन, सबसे पहला काम तुम्हें चुकता करना ही होगा। तुम चिंता मत करना।'' कहते हुए उसने तसला उठाया और घूरे की तरफ फैंकने चला गया। भद्दू एक दो कदम बढ़कर रुक गए और कुछ बुदबुदाने लगे, ''बंदूक होती तो इसको गोली मारकर फाँसी चढ़ जाता।''

''कुछ कहा सेठ जी?'' गोबर फैंककर लौटते हुए आर. जे. ने पूछा।

''यही कि मेरे ऊपर कृपा बनाए रखना। बाल-बच्चे वाला हूँ।'' रिरियाते हुए भद्दू सेठ ने कहा।

''मिल जाएंगे।'' कहते हुए गोबर से सने हाथों के साथ बड़ी बेपरवाही से भीतर प्रवेश कर गए। ये सोचकर कि भद्दू सेठ जो कर सकते हैं उससे उन्हें कुछ फर्क नहीं पड़ने वाला। कौन-से उनके कोसने से उनके बच्चे बीमार हो जाएंगे। भद्दू सेठ दाँत मिसमिसाते हुए लौट रहे थे।

शिब्बू का मकान बनकर लगभग तैयार ही था। मुहल्ले में सबसे सुंदर और भव्य! इसीलिए आजकल शिब्बू के नवनिर्मित मकान पर ही सभी की उठक-बैठक बढ़ गई थी, जो देखने वालों के आने से थोड़ी ही और बढ़ जाती थी। चर्चाओं का बाजर गर्म था जो दो तरह से किसी-न-किसी बहाने सामने आ रहा था। एक शिब्बू के सामने तारीफ वाली और सकारात्मक बातों के रूप में तो दूसरे पीठ पीछे अनुमानित और नकारात्मक बातों के रूप में, लोगों को मजा दोनों ही हालातों में आता था।

शिब्बू कहीं गए हुए थे। बच्चू, केशू, उम्मीद और डॉक्टर चारों मकान देखकर लौट रहे थे तभी शिब्बू भी मिल गए।

''यार शिब्बू आजकल चारों तरफ तुम्हारे ही मकान की चर्चा है, नगर में और भी बने मकान पर इतनी तारफ किसी की नहीं हुई।'' वहीं खड़े बच्चू ने मुस्कुराकर कहा।

''नंगों का बन रहा है इसलिए, किसी बड़े आदमी का होता तो कोई कुछ नहीं कहता। तुम्हें मजाक सूझ रहे हैं और इन्होंने मेरी जान निकाल ली।'' मकान में इटैलियन मार्वेल काटते कारीगरों की तरफ इशारा करते हुए शिब्बू ने कहा। माहौल खुशी और परेशानी के बीच लटक गया था इसलिए बच्चू को वहीं छोड़ तीनों राजा के घर की तरफ बढ़ गए।

''यार एक बात समझ में नहीं आई। शिब्बू के पास इतना पैसा कहाँ से आया कि दुमंजिला बनकर खड़ा हो गया?'' डॉक्टर ने आशंका व्यक्त की।

''सुना है छद्दन ने बहुत मदद की है। तमाम सामान उन्होंने ही उधारी पर उठवाया है, और फिर भगवान जाने! हम जैसे रजिस्टर्ड जुआरियों का कोई भरोसा भी तो नहीं करता। कल ही एक कह रहा था, 'जुआरियों के काहे के मकान आज बन रहा है कल को हारने लगेंगे तो बिचते भी देख लेना।'' केशू ने बताया। सुनकर डॉक्टर और उम्मीद ने ठहाका लगाया। कहना तो वह भी यही चाहते थे, परंतु संकोच हो रहा था। और फिर बच्चू, जो शिब्बू का खास दोस्त माना जाता है वो भी वहीं रह गया था इसीलिए बात खुलकर हो रही थी।

''अभी कुछ दिन और इंतजार कर लो; सब पता चल जाएगा कि हकीकत क्या है? फिलहाल तो खीर पूड़ी मिलने वाली है उसका आनंद लो और बाकी चीजों की चिंता शिब्बू पर छोड़ दो।'' उम्मीदसिंह ने ये कहकर चर्चा का मजा किरकिरा कर दिया था। लिहाजा अब बात और आगे नहीं बढ़ाई जा सकती थी इसलिए चर्चा का विषय बदल दिया गया था।

दुनिया में मुंह देखे व्यवहार हमेशा से ही चले आ रहे हैं। सामने जय हो के साथ-साथ चाय, पानी, बीड़ी, गुटखा और मुंह फेरते ही

उसकी माँ-बहन एक करने में देर नहीं लगती। शिब्बू ने भी मुहल्ले के हालचाल समझकर तमाम तरह के जाल बुनने शुरू कर दिए थे। शायद ये उसी का परिणाम था कि लोगों ने उनकी चारित्रिक विशेषताओं पर चर्चा शुरू कर दी थी।

जो भी हो, परंतु जुए की ही कमाई से ही लगभग तीन सौ दिनों से कई कारीगरों और बेल्दारों के घर में चूल्हा जलता आ रहा था। साथ ही पपलू के भी खिलने का क्रम जारी था जिससे और चार-छह लोगों की रोजी-रोटी भी उसी मकान से जुटती आ रही थी, कारण था शिब्बू का मकान निर्माण और जुए में एक साथ व्यस्त होना। मगर अब सभी का यहाँ से दाना-पानी उठने का समय आ गया था। यहाँ सभी से मतलब मजदूर वर्ग से है, बावन पत्ते वाले समुदाय से नहीं, क्योंकि वो तो कभी भी, कहीं भी संभव है। वैसे भी फलाश और पपलू तो मनोरंजन के रूप में ही खेली जाती है।

हजार, दो हजार इधर-से-उधर होने को कोई भी जुआ थोड़े ही कहता है। जुआ तो एक असिस्टेंट प्रोफेसर की महीने भर की तनख्वाह को एक दाँव पर रखने को कहते हैं या फिर थानेदार की साल भर की सरकारी तनख्वाह की आमदनी के बराबर चंद मिनटों में कमा लेने को या गंवा देने को जुआ कहते हैं। उसके लिए तो ताश की एक गड्डी ही बहुत है। ऐसा सभी रजिस्टर्ड जुआरी मानते थे। अभी किसी ने जुए के विरोध में कुछ शब्द कहे थे। ये चर्चा उसी कथन के विरोध में खिलाड़ियों का तार्किक बचाव था।

इन सब बातों का सीधा मतलब यही था कि अब शिब्बू के गृहप्रवेश का समय आ गया था। उसका काम अंतिम चरणों में था। मकान की भव्यता ने शिब्बू को नवोदित खिलाड़ियों का प्रेरणा श्रोत बना दिया था जिस कारण वो ये सोच सकते थे कि जुए के कैरियर में उनका भविष्य उज्ज्वल है। और पुराने इस बात से खुश थे कि उनके छोटे-मोटे खेल के लिए एक विकल्प और उपलब्ध हो गया था।

पपलू भी फलाश की तरह ही अधिक समय और कम पैसे वाला खेल है जिसमें खिलाड़ियों की संख्या कम-से-कम दो हो तो भी काम चल जाता है। यानी कि एक पारिवारिक व्यवस्था की तरह ही ताश भी आदमी को जीवन दर्शन सिखा ही देते है। जब तीन इक्के इकठ्ठे हों तो उन्हें कोई नहीं हरा सकता और जब इक्के अलग-अलग हों तो उन पर दो दुरी भी भारी पड़ती है।

आर.जे. का भी कुछ ऐसा ही हाल था। बेचारे दाड़ी-बाड़ी बढ़ाकर मंदिर के पुजरी हो गए थे। ऐसी चर्चा थी कि उन्होंने सारे उल्टे-सीधे काम छोड़ दिए हैं। दोनों समय की पूजा आरती के बदले उनके रोजमर्रा के खर्चे का इंतजाम हो जाएगा। इस घटनाक्रम पर कुछ लोगों का मानना था कि 'बिल्ली सौ चूहे खाकर हज को चली' तो गई, पर कितने दिन टिकेगी इस पर सभी को संदेह था।

कुछ चीजें समय पर भी छोड़ देनी चाहिए खासकर वे जिनसे कोई लाभ-हानि न हो, सभी ने वैसा ही किया था, मगर शिब्बू के गृहप्रवेश के भोज में जब आर.जे., पुजारी के फुल ड्रेसकोड में पधारे तो उन्हें देखकर शिब्बू ने कुर्सी डालते हुए कहा, "आइये महाराज, हम आपके आगमन से धन्य हो गए।"

"सही कहा शिब्बू, महाराज! आर.जे. की जय।" बच्चू ने जयघोष किया। तब तक आर.जे. जलते अलाव के पास डली कुर्सी पर आसीन हो चुके थे। मगर जयघोष ने उन्हें कुछ कहने के लिए प्रेरित किया।

"भोसड़ी के, उड़ा लो मजाक, अपना भी समय आएगा तब बताऊँगा।" आर.जे. ने मुंहबोले रिश्ते की आड़ में बच्चू को गरियाने के बाद बात बदल दी। वे इस टॉपिक को और अधिक नहीं खींचना चाहते थे। बच्चू ने भी गालियों के बदले में बीड़ी सुलगाकर आर.जे. को पकड़ा दी। जिसे उन्होंने तत्काल लपककर होंठों से लगा ली, और फिर धुँए का गुबार छोड़ते हुए बोले,

"शिब्बू तुमने जुआरियों की शान बढ़ा दी। क्या जबरदस्त मकान बनवाया है?"

सुनकर शिब्बू गर्व मिश्रित शर्म से शर्माये फिर हें हें हें करते हुए बोले, ''महाराज काँच सो मँज गओ। बड़ी फजीहत हो गई। न कहीं जा पाये न कहीं आ पाये तब कहीं ये मकान बन पाया है।''

''चलो कौन-सा बार-बार बनता है?'' सभी ने एक स्वर में कहा।

''यार कल चन्नीलाल मिल गए थे, अरे वही मेहुना वाले। यही कोई चालीस के आस-पास उम्र का होगा, साँवला-सा आगे के दो दाँत टूटे हैं। कभी देखा होगा तुमने, यहाँ भी कभी-कभी खेलने आता है। कह रहा था रतनलाल से दस लाख लेने हैं।'' अख्खे ने कहा।

''हाँ! चन्नी को देखा है, परंतु ये साला रतन कर क्या रहा है, इस हिसाब से ये तो तीस चालीस के हेरफेर में गया होगा!'' वहीं बैठे केशू ने अलाव को चेताते हुए कहा।

''सुना तो मैंने भी है। जोटीलाल और धीरूभाई भी कह रहे थे कि उनके भी पैसे लाखों में ही हैं। वैसे आदमी तो ईमानदार है और पैसे वाला भी! देगा तो सभी के, उन्हें चिंता नहीं करनी चाहिए, परंतु ये खेल कहाँ रहा है आजकल, आस-पास किसी गेम में टकराया नहीं है!'' शिब्बू ने आश्चर्य से पूछा।

''शायद किसी बार में खेलने जाता है। यहाँ का कोई साथ होता तो भी बात नहीं छुपती। वैसे हजार रुपए रोज का आदमी है।'' वहीं बैठे चौधरी ने बताया। फिर कुछ सोचकर बोले, ''उसकी मुख्य बाजार में दुकानें भी तो बिकाऊ हैं। पचास लाख से कम की नहीं होंगी।''

''जुआ भी तो समय पर ही फलता है और जब समय विपरीत हो तो आदमी को कहीं का नहीं छोड़ता।''

''आदमी को बाबा भी बना देता है।'' आर.जे. इससे कुछ और आगे कहते तभी बीच में बच्चू बोल पड़ा। सुनकर सभी के चेहरे हँसी से खिल गए, मगर आर.जे. शर्माये और फिर सच को स्वीकार भी किया। तभी भोजन के लिए बुलावा आ गया। खाने की खुशबू बहुत देर से अपनी ओर खींच ही रही थी। सभी कहने वाले की जीभ पर ही बिराजमान हो गए।

खाने की तारीफ करते हुए आर.जे. ने दस रुपए दक्षिणा के जेब में डाले और रवानगी ली। रतनलाल अब भी चर्चा में उत्सुकतावश बना हुआ था। सभी यही सोच रहे थे कि ये सब हो कैसे गया? और कुछ ये कि जीतने वाले सब गैर ही थे। हम उनमें शामिल क्यों न हो सके!

इस प्रकार की तमाम बातों, अनुमानों और आशंकाओं के बीच शिब्बू का नवीन गृह में प्रवेश सम्पन्न हो ही गया था। अब ये देखना सभी के लिए उत्सुकता का कारण बना हुआ था कि उनकी आशंकाओं का ऊँट किस करवट बैठता है।

8.

कुछ दिनों से छद्दन के घर में काफी चहल-पहल थी।

वैसे भी पैसा हो तो लोग अपने आप ही गुड़ से मक्खी की तरह लिपटने ही लगते हैं। छद्दन भी, कुछ समय से गुड़ ही हो गए थे। कुछ न भी मिले तो कम-से-कम चाय और एक टैम का खाना तो मिल ही जाएगा; यही सोचकर कुछ नए रंगरूटों ने उनकी शागिर्दी स्वीकार ली थी। अपने आस-पास जुटे जनबल को देखकर ही शायद छद्दन जी को ये भ्रम हो गया था कि उनमें नेत्तृत्व के गुण आ गए हैं। इसीलिए छद्दन ने कुछ सोचकर राजनीति में हाथ आजमाने का मन बना लिया था। जनपद सदस्य बनकर अध्यक्ष के सपनों ने उनकी नाक में दम कर दिया था। और फिर उन्होंने भी मन की आंतरिक इच्छाओं के वशीभूत होकर एक बड़ा दाँव खेलने का मन बना लिया था।

शागिर्दों, सहयोगियों और चापलूसों ने तो उनके बम्पर जीतने की घोषणा भी कर दी थी। चुनाव खर्चे के लिए पचास लाख उसारकर छद्दन ने पहले ही रख दिए थे। ये काम पहले इसीलिए कर लिया गया था ताकि कोई कोर कसर न रहे। ये तो सभी जानते ही थे कि जुआरियों की कितनी इज्जत होती है; और ये भी जानते थे कि वोटर बिकाऊ होता है।

आधे हालात पक्ष में थे। जैसे जुए में रहते हैं तो फिर गेम खेलने में कोई बुराई नहीं है, अगर जीते तो नाम, दाम सब मिलेगा और जुआरी

का तमगा नेता जी की टोपी में विलीन हो जाएगा। ये सब सोचकर तो उनके कदम हवा में हल्के उठने लगे थे।

तारीख की घोषणा होते ही छद्दन के घर सभी प्रकार के सहयोगी जुटे। जिनमें दिन काटने वाले और मौके का लाभ लेने वाले अधिक थे। छोटी राजनीति में ऐसा बूम टाईम कम ही आता है। लोग भुनाने के लिए चले ही आ रहे थे। बढ़ती भीड़ देखकर छद्दन का मन पुलक रहा था। भले आदमी, भले ही न हों, परंतु अधिकाँश लुच्चे, टुच्चे भुक्कड़ों और जुआरियों के अतिरिक्त कुछ छुटभैये नेता ही थे जिन्हें इस चुनाव में लाभ की संभावनाएँ नजर आ रही थी। और कुछ ऐसे लोग भी थे जिन्हें बचपन से ही किंगमेकर होने का भ्रम रहा था। लोकतंत्र में ये सबसे बड़ी सहूलियत है कि वोट गुंडे-मवालियों के हों या मुल्लों-पुजारियों के गिनती में बराबर ही माने जाते हैं। इसलिए चिंता की कोई बात नहीं थी।

सचमुच भीड़ बरसाती कीड़ों की तरह बढ़ रही थी जो जरा-सी बूंदें पड़ते ही सक्रिय हो जाते हैं। जिन्हें छद्दन पचास लक्खा बल्ब जलाकर अपनी ओर खींचने में सफल रहे थे।

खाना-पीना तैयार था, मगर वो एक सफल मींटिंग के बाद होना था। छद्दन ने बोलना शुरू किया तो सभी संजीदा होकर बैठ गए।

''भाइयों हमारे पास जितना पैसा है उतनी इज्जत नहीं है। मुझे ये बात बहुत खटकती है। इसीलिए मैंने चुनाव लड़ने का फैसला किया है। जुआरी भी समाज सेवक हो सकते हैं हमें ये सिद्ध करना है। पुलिस कभी भी लतेर भगाती है वो ये नहीं देखती कि खिलाड़ी बीस लाख की कार से आया है या साइकिल से...। नाम सबेरे फोटो के साथ अखबार में चेंप देती है। थानेदार शोहरत का लालची हुआ तो चेंथी भी पकड़कर फोटो उतरवाता है और यदि पैसे का लालची हुआ तो सब लूट ले जाता है। अपने डिपार्टमेंट से कोई राजनीति में पद पा ले तो पुलिस भी डरेगी। इसीलिए मैंने जनपद और जिले से चुनाव लड़ने का मन बनाया है। बस कोई सीट अनुकूल हो जाए। आरक्षित न हो।

मैं आप सभी के उद्धार के लिए तो सब करूँगा ही, साथ ही इस देश का भी विकास करूँगा। सरकार से जूए को व्यवसाय घोषित

कराने के लिए मुहिम चलाऊँगा। जगह और सुरक्षा कर तो हम देते ही हैं, फिर सरकार को देने लगेंगे। इससे सरकार को भी लाभ होगा और हमारा डर भी खत्म हो जाएगा। कर समय पर देंगे और ईमानदारी से देंगे। ये चुनाव हम सब मिलकर, जुआरियों के मान-सम्मान की लड़ाई के रूप में लड़ेंगे।''

छद्दन के इस भावुक भाषण पर ढेरों तालियाँ पिट रहीं थीं। सीटियाँ बज रहीं थीं जिसने उम्मीद और जोश का नस-नस में संचार कर दिया था। छद्दन कहे जा रहे थे,

''हमारे मुद्दे क्षेत्र का विकास और हमारा उद्धार ही रहेंगे। और मैं आप सब को आश्वासन देता हूँ, अगर मैं अध्यक्ष बना तो सरकार आप ही चलाएंगे।'' इसी बात के साथ मैं अपनी वाणी को विराम देता हूँ। आगे आप जानो।

तभी खड़के ने गोदी में रखी बारह बोर दुनाली को बगल में बैठे सहयोगी को पकड़ाते हुए खड़े होकर कहा, जो कि छद्दन के राईट हेंड कम बाडीगार्ड माने जाते थे। ''सुनो मित्रो, हमें ये चुनाव पूरी मेहनत और ईमानदारी से लड़ना है। हमें गड़बड़ी से भी कोई परहेज नहीं है, परंतु वो सुरक्षित रूप से की जानी चाहिए; ताकि थाने कचहरी से बचा जा सके। सभी के क्षेत्र और विभाग बाँट दिए जाएंगे। किसे वोट खरीदने हैं, और किसे साड़ी, तोड़िया, बिछिया आदि बाँटने हैं। दारू की पेटियाँ अखंड बटनी चाहिए और हर गाँव में एक कार्यालय भी बनना चाहिए जिस में खाने-पीने की व्यवस्था हो। गाँव में रंगारंग कार्यक्रम भी होते रहें और कार्यालय में जुआ भी खेला जा सकता है, मगर पूरी सावधानी से।'' ये कहकर उसने आँख भी दबाई थी। जिस पर खूब तालियाँ ठोकी गई थी।

खड़के जी अपनी वाणी को विराम देते इससे पहले ही चाय वाला एक हाथ में केतली और दूसरे में प्लास्टिक के मध्यम आकार के गिलास पकड़े सीधा ही घुस आया और उसने लोगों को देना शुरू कर दिया। खड़के ने हाथ जोड़कर विदा लेने में ही भलाई समझी। वैसे भी वो अपनी बात मीटिंग में रख ही चुके थे और फिर ये वो लोग थे जो

चाय के एक कप के लिए सौ का नोट देने में भी संतोष का अनुभव करते हैं; यहाँ तो ससम्मान मुफ्त में थी।

पीछे-पीछे समोसे और कचौड़ी भी आ गई थीं। 'भूखे भजन न होय गोपाला....'। और फिर चुनाव की भूमिका ऐसे ही थोड़े बँध जाती है। लोग इस घरेलू मींटिंग के बाद और आशान्वित थे कि अगले महीने दो महीने खूब चाँदी कटनी है। जिनमें से कुछ ने तो अभी से खासमखास होने के प्रयास भी शुरू कर दिए थे। इस बार छद्दन का मन बड़ा जुआ खेलने का था। दाँव पर पचास लाख लगे थे, मगर जीतने पर करोड़ों के बारे न्यारे होने की संभावना थी। हारने की बात तो चुनाव में की ही नहीं जाती है वो तो परिणाम बताता है! उससे पहले हारना चुनावी उसूलों के खिलाफ होता है। ये बात छद्दन के मन में इसलिए भी आई थी क्योंकि उनके सहयोगी सकारात्मकत और आशावादी होने के उदाहरण स्वरूप में प्रकट हुए थे।

छद्दन ने जुए में जो नाम और पैसा कमाया था उसे अब विस्तार देने का समय था। चुनावी मैदान में उतरते ही छद्दन का भौतिक रूपांतरण हो गया था। खादी का कुरता पायजामा और सदरी उनके व्यक्तित्व को जुआरी से नेता के रूप में ढालने की भरपूर कोशिश कर रही थी, परंतु उनके संगी साथी अपनी स्थाई छवियों के साथ उसे पुनः वहीं ला खड़ा कर देते थे। फिर भी कोशिश जारी थी।

इसी सिलसिले में शरीफों और बुद्धिजीवी लोगों से मेल मुलाकात के समय कुछ शरीफ लोगों का साथ रहना भी जरूरी था; जिन्हें थोड़े प्रयास के साथ ही जुटा लिया गया था। परचा भरने के साथ ही प्रचार-प्रसार भी शुरू हो गया था। छद्दन जिस गाँव में भी जाते उनके साथ लोग जुटने लगते थे, जिससे उनकी जीतने की आशा और पुष्ट होने लगी थी। भले ही उनमें अधिकाँश परिचित के जुआरी और वो टुटपुँजिये नेता होते थे जिनके लिए चुनावी मौसम कुछ आमदनी का होता था।

छद्दन एक नई और मालदार पार्टी थी इसलिए लाभ की गुंजाइश भी अधिक थी। सहयोगियों ने उनके आसपास ऐसा आभामंडल निर्मित

कर दिया था जिससे उन्हें चुनावी जीत के अतिरिक्त कुछ और नजर ही नहीं आ रहा था।

योजनाओं को अंजाम देने के लिए गाँवों में कार्यालयों की स्थापना हो चुकी थी जिनमें दस पचास लोगों के गुटखा बीड़ी से लेकर खाने पीने की भी व्यवस्था थी। ताश की गड्डियाँ तो रात में ही फैंटी जातीं थीं। दाँव के लिए पैसों के अतिरिक्त सारी व्यवस्था छद्दन ने करवा ही दी थी।

प्रचार खूब जोर-शोर से चल रहा था। रात-दिन गाड़ियाँ इधर से उधर दौड़ रहीं थी। जनसंपर्क लगातार हो रहा था। छद्दन चुनाव में कोई कोर-कसर नहीं छोड़ना चाहते थे, इसीलिए कौल क्रियाओं का भी सहारा ले रहे थे। बदले में आश्वासन भी देते जा रहे थे जो दुगना होकर उन्हीं के पास लगातार लौट भी रहा था। पूरी उम्मीद थी की वोट भी भरपूर ही मिलेंगे।

प्रतिद्वंद्वी अनुभवी और प्रभावशाली नेता था जो उन्हें मुकाबले में कड़ी टक्कर दे रहा था फिर भी छद्दन ने गाँव के हिसाब से अलग-अलग रणनीति तैयार कर रखी थीं। कहाँ कितने पैसे बाँटने के लिए पहुँचाने हैं जिसमें बाँटने वालों के लिए भी गुंजाइश बनी रहे इस बात का भी ध्यान रखा गया था। कहीं पर नाँच-गाने की भी व्यवस्था की गई थी और कहीं-कहीं पर पंगत की भी जिसमें बकरे और आलू दोनों ही भरपूर मात्रा में कटने थे। दारूखोरों के लिए भी कंजरों के साथ-साथ देशी और अंग्रेजी के ठेकेदारों से संपर्क कर लिया गया था; ताकि कोई कमी न रहे।

छद्दन और खड़के लगातार हो रहे चुनाव प्रचार की थकान मिटाने के लिए एट पीएम की बोतल खोले बैठे थे। टेबल पर काजू भुने हुए रखे थे। पैग भरकर देते हुए खड़के ने कहा, ''अभी तक तो सब ठीक ही चल रहा है और रिपोट भी अच्छी ही मिल रही है। कल शिब्बू भी अपने गाँव से अपनी जीत की जिम्मेदारी ले रहे थे। बस एक लाख रुपए की कह रहे थे। सरपंच को देने हैं, बाकी सब वही सँभाल लेगा।''

''ठीक है एक लाख में एक गाँव निबटता है तो सौदा सस्ता ही है। अब फोन आए तो भिजवा देना।'' छद्दन ने सहमति जता दी थी। तभी खड़के का फोन बज उठा। नंबर देखकर कहा, ''टीलाखेड़ी के उपसरपंच नैनू का फोन है।'' वैसे तो उनका नाम नयन सिंह था, परंतु वो प्यार से नैनू हो गए थे। वे एक अच्छी कदकाठी वाले गाँव के उभरते हुए युवा नेता थे। साख ऐसी कि दो, तीन सौ वोट तो जेब में लेकर चलते हैं। छद्दन उनसे मिल चुके थे। अपने पक्ष में सहयोग का वचन भी ले लिया था। गाँव में आरकेस्ट्रा लाने का प्लान उन्हीं का था; ताकि लोगों को लुभाया जा सके।

सुनकर छद्दन ने हाथ बढ़ाया तो खड़के ने मोबाइल पकड़ा दिया। उधर से आवाज आई,

''छद्दन भाई आरकेस्ट्रा का इंतजाम हो गया क्या? बस नचनियाँ गजब की आनी चाहिए; सभी गाँव वाले कह रहे थे। वोटों की जिम्मेदारी मेरी रही।''

''बात चल रही है; जैसा तुम सब चाहते हो वैसा ही होगा। दो पेटियाँ अंग्रेजी की भी भिजवा दूँगा। चिंता मत करना।'' छद्दन ने कहा।

''बस और क्या चाहिए; और फिर गरीब मजदूरों के लिए खाने, पीने और मनोरंजन के लिए यही तो एक मौका है। बाकी तो उन्हें खटना ही है।'' उप सरपंच नैनू ने समझाते हुए कहा, परंतु उनका इशारा साफ था कि हमारे गाँव का अधिकाँश वोटर पक्का मादरचो...और बिकाऊ है। वरना आज वो भी सरपंच ही होते, मगर पैसे की थोड़ी तंगी रही इसीलिए बनते-बनते रह गए। जिसे छद्दन ने बखूबी समझ लिया था।

''पैसे भी एक दिन पहले ही पहुँच जाएंगे। अभी तो यही सब चलने दो।''

''उसकी कोई चिंता नहीं है। मैंने तो बस यही सोचकर याद दिलाया कि आप राजनीति से अभी नए ही जुड़े हो। तो कोई मलाल न रह जाए।'' हें हें करते हुए नैनू ने कहा।

''कोई बात नहीं।'' कहकर छद्दन ने फोन काटकर पैग उठाया और भीतर उड़ेलने के बाद, तुरंत ही दो चार काजू मुंह में ठूँसते हुए बोले,

''खड़के भाई अब सब समझने लगा हूँ, राजनीति भी बड़ी कुत्ती चीज है। साले वोटर भी मुस्कुराकर लूटने को बैठे हैं; और नेता सब समझते हुए भी लुटता रहता है। फिर वही जीतकर इन्हीं की खाल खींचता और यही वोटर सलामी ठोकते हैं। अजब खेल है। इससे तो जुआ अच्छा है। इतना कमीनपन तो नहीं है, परंतु अब चुनाव लड़े हैं तो झक भी मरानी ही पड़ेगी। नैनू का भी मन रखना ही पड़ेगा। साला कम-से-कम विरोध तो नहीं करेगा। कहीं अध्यक्ष बन गया तो सबकी खबर लूँगा।''

''अगर ये हाल न होता तो राजनीति धंधा न बनती। लोग इसमें आते ही हैं लूटने के लिए।'' खड़के ने कहा।

''नेता अपना खर्चा तो निकालेगा ही, और फिर कमीशन तो अपने आप ही आने लगता है, उसे कोई क्यों लौटाने लगा।'' छद्दन ने सहमति जताई और फिर सोचते हुए काल्पनिक राजनीतिक यात्रा करते हुए विधानसभा से होते हुए लोकसभा तक हो आए। कुछ और आगे जाते इससे पहले खड़के ने लौटा लिया। ये कहते हुए,

''अब चलता हूँ सुबह आ जाऊँगा। चार-पाँच गाँव घूम लेंगे; अब दिन ही कितने बचे हैं।''

''ठीक है। जल्दी ही आ जाना।''

खड़के झूमते हुए निकल गए। छद्दन ने एक पैग और भर लिया। राजनीतिक यात्रा के नाम।

वोटिंग में दो ही दिन बचे थे। दोनों तरफ की पार्टियाँ प्रचार में जुटीं हुई थीं। छद्दन चार-पाँच गाँव घूमकर देर शाम टीलापुर के कार्यालय पहुँच चुके थे। इधर आरकेस्ट्रा की मंच सज चुकी थी। बड़ी-बड़ी लाईटें, साउंडसिस्टम के साथ ताल-से-ताल मिला रहीं थीं, और भीड़ दूर-दूर तक जुट गई थी। छद्दन के आने के बाद उन्हें माला पहनाकर और वोट देने की अपील के बाद ही कार्यक्रम शुरू हो गया था। छद्दन भी वहीं सामने जमे थे। बात मजे की हो तो मजबूरन ओढ़ी आदर्श नेतागिरी को कुछ देर के लिए किनारे रखा जा सकता है। ऐसे विचार उन्होंने खड़के के कान में व्यक्त कर दिए थे।

पतली कमर बलखाती झूम रही थी और लोग चोली के पीछे न जाने क्या-क्या अपनी जानकारी के हिसाब से खोज रहे थे? और जिन्हें पता था उनकी सीटियाँ गूँज रहीं थीं। दो नये-नये जवान हुए लड़के उठकर दस-दस के नोट उड़ाते हुए उसी के साथ लहराकर ये प्रयास में थे कि उसके शरीर से जरा-से भी छू जाएं तो उद्धार हो जाए, परंतु कुछ बूढ़ों ने रंग-में-भंग करते हुए उन्हें हड़काकर बैठा दिया। माँ-बहन की सो अलग।

गाने के बोल बदल गए थे। अबकी बार लड़की कुछ और ज्यादा सुंदर थी और कपड़े उतने ही कम, जिसे तालियों, सीटियों ने प्रोत्साहित किया। अबकी बार नोट बीस और पचास के उड़े थे, और फिर घंटे दो घंटे में ही शराब और शबाब कुछ लोगों के दिमाग पर चढ़ गए थे। बात हजारों पर टिक गई थी। मुझे नौलखा मँगादे... एवं अँखियों से गोली मारे... आमने सामने थे। जिस पर उनकी इज्जत दाँव पर लग गई थी। डांसर नोट उठाते हुए दोनों तरफ की बजा रही थी। माहौल गर्म हो गया था। इतना कि लाठियाँ भी आ गई थी। कुछ लोग कट्टे और अद्धी भी लिए थे। खड़के की चौकन्नी नजर दूर से सब देख रही थी।

वक्त की नजाकत को समझते हुए खड़के ने छद्दन को चलने का इशारा किया। जिसका छद्दन ने बड़ी ही सफाई से पालन किया और निकल लिए। गाड़ी गाँव के बाहर निकल आई थी। तब खड़के ने कहा, ''एकाध मर मुरा न जाए। साले भोसड़ी के रंडी के पीछे प्राण झोंके जा रहे हैं। सुबह उतरेगी तब हिसाब लगाकर मरे बाप को रोएंगे कि कितने से निबटे।''

''मन तो मेरा भी हो रहा था, परंतु रह गया। माल भी तो कमाल का था।'' छद्दन ने मुंह में पानी भरते हुए कहा।

''तो उन बेचारों का क्या दोष जब अधबूढ़ों के ये हाल हैं।'' पीछे से किसी ने कहा।

''दुनिया सयानी है। सब जानते हैं कि ये तो होना ही है। सब रुपए निकालने की कलाकारी है। सालों ने पूरा पेमेंट पहले ही ले लिया था। बाद में पता नहीं क्या हो जाए?'' खड़के ने कहा।

"ये सब छोड़ो, जो होगा कल पता चल जाएगा। परसों वोटिंग है इसीलिए आगे क्या करना है ये सोचो?" छद्दन ने गंभीर होते हुए कहा। दौड़ती गाड़ी में सभी छद्दन के भविष्य को सुखद बनाने हेतु मंत्रणा कर रहे थे।

प्रचार नियमानुसार बंद हो गया था, लेकिन वास्तविक प्रचार तो अब ही शुरू हुआ था। तमाम तरह की चीजों का वितरण जोरों पर था। गाँव की आधी जनता टुन्न थी। जिनके परिवार वाले इस चुनावी चलन को कोस रहे थे। सुखिया की अम्मा खुश थीं। छद्दन ने खुद दो हजार रुपए मुठ्ठी में दबा दिए थे। मौड़ा को कौर खाकर आशीर्वाद स्वरूप समस्त वोट देने का वायदा किया। देर रात तक यही चलता रहा था।

पैसा पानी की तरह बह रहा था। छद्दन की धड़कन बढ़ रही थी। नया दाँव खेला था। वोट, बंद गड्डी की तरह असमंजस बढ़ा रहे थे। जो अभी कुछ दिन और चलना था। वैसे छुटपुट घटनाओं और कुछ बुनियादी बातों के अतिरिक्त कुछ ज्यादा विपरीत घटित नहीं हुआ था। साथ ही कुछ लोगों को चुनाव बाद देख लेने की मंशा जरूर मन में थी। कारण ये बना था कि छद्दन कुछ जगहों से खदेड़े गए थे और इतने कि पिटते-पिटते बचे थे। बाद में पता चला कुछ घर के भेदी भी सक्रिय थे।

वोटिंग शुरू हो गई थी। प्रत्याशी अपने अधिकारों का उपयोग लगातार कर रहे थे फिर भी तमाम चिकचिकों के बाद भी फर्जी वोट गिर रहे थे; ताकि चुनाव शांति से संपन्न हो सकें। इसमें पुलिस और पीठासीन बगैरह भी अपने विवेकानुसार और अनुभव से इसी जुगत में लगे थे कि जैसे भी हो सुरक्षित घर पहुँच जाएं।

शाम के पाँच बज चुके थे। यथोचित घटनाक्रम घट चुका था। सुबह जिला प्रशासन ने शांतिपूर्ण तरीके से चुनाव संपन्न होने की घोषणा की जो सुबह अखबारों में हेडलाइन थी।

कई लोगों के सुख भरे दिन बीत चुके थे। जो अब सिमटकर एक प्याली चाय तक आ गए थे, मगर कुछ लोग अब भी इस उम्मीद से साथ थे कि शायद जीत के बाद कुछ सुधार हो।

इंतजार की घड़ियां बीत चुकीं थी और आज परिणाम का दिन था। छद्दन नहाधोकर पूजा-अर्चना कर तैयार खड़े थे। उनकी मित्र मंडली भी मतगणना केंद्र पर जुटने लगी थी। रुझानों के इंतजार में पेट में मरोड़-सी उठ रही थी।

"यार खड़के पता नहीं क्या होगा? सोच-सोच कर पेट गुड़गुड़ाने लगा है; कहीं हार गए तो?" छद्दन ने धीरे से कहा।

"हार गए तो क्या? यही समझ लेना कि गेम बड़ा हो गया।" खड़के बोले।

"जुए की हार दुनिया थोड़े ही देखती है। यहाँ तो सब हंसी करेंगे। रिजल्ट के डर से तो हम पढ़े भी नहीं थे।" छद्दन फुसफुसाये।

"तो आप निकलिए। जीते तो ढोल ढमाकों के साथ आएंगे और हारे तो शाम को गम में पिएंगे?" कहकर खड़के ने आँख दबाई। मुस्कुराकर छद्दन निकल लिए।

अफरातफरी के माहौल में किसी ने कुछ नहीं पूछा? चैन तो घर पर भी नहीं था। दो बार हल्के भी हो लिए थे, मगर दिल था कि तेजी से धड़क रहा था। इतना तो लाखों के दाँव पर भी नहीं धड़का। छद्दन बुदबुदाए "चलो पहला ही तो चाँस था। हार भी गए तो क्या हुआ; राजनीति के पैंतरे तो सीख लिए, आगे देखेंगे?", मगर मन कुछ और ही चाहता था। गले में मालाओं का अंबार और उड़ता गुलाल, सोचकर ही मन बल्लियों उछलने लगता। इसी उधेड़बुन में चार बज गए थे। जब रहा नहीं गया तो खड़के का नंबर लगा ही दिया। उधर से आवाज आई,

"कौन-सा ब्रांड पियोगे। खाते में लिखाकर ले आऊँगा।" सुनकर छद्दन ने मोबाइल पटका और धम्म से सोफे पर पसर गए। इज्जतदार होने का चाँस भी जाता रहा। पचास लाख भी गए सो अलग।

"सब कहते हैं कि जुआरियों के दिल पक्के होते हैं और तुम इस पर दाग लगा रहे हो, दुनिया क्या कहेगी कि छद्दन तिहत्तर वोटों से हार गया इसीलिए छुपकर बैठा है?" खड़के ने घुसते ही कहा।

"तिहत्तर! हम इतने करीब पहुँच गए थे।" छद्दन ने आश्चर्य से कहा।

''हाँ, लोग तो इसे जीत ही मान रहे हैं आगे फिर सही!'' खड़के ने भविष्य की ओर नजर डाली।

तमाम धैर्य पूर्ण बातों के बावजूद भी दुःख तो था ही जिसे मिटाने के लिए छद्दन ने स्वयं बोतल खोल ली थी। जाम झलक रहे थे।

कुछ विद्वानों ने कहीं लिखा है कि हारा हुआ आदमी औरत के आगोश में सहारा ढूँढ़ता है। छद्दन ने भी तलाशा था, मगर चूक ये हो गई वो लड़की किसी और की बेटी थी। उनकी निजी घरवाली के अतिरिक्त, जिसकी गोद में उन्होंने सहारा ढूँढ़ लिया था। ढूँढ़ा क्या खरीद लिया ही कहिये, क्योंकि ऐसे सहारे खरीदे और बेचे ही जाते हैं। इत्तफाकन सहारा इतना मिला कि बेचारे जवानी की सीढ़ियाँ उतरते-उतरते फिर पापा बन गए।

कमरे की बात रोड पर आ गई थी, फिर भी छद्दन को ज्यादा फर्क नहीं पड़ा। पत्नी चीख चिल्लाकर बहू बेटों में रम गई, और छद्दन अपनी नई फैमली में। रही बात जात बिरादरी की तो दो स्थितियाँ बनीं: पहली जो स्थिति थी वही बनी रही। कुलीनों ने न तब घास डाली और न अब... और दूसरी कि जिन्हें चाँदी से एलर्जी नहीं थी उन्होंने छद्दन के चाँदी के जूते को हमेशा सम्मान दिया। बाबा तुलसीदास भी तो लिख गए हैं ''समरथ को नहीं दोष गुसाँई।'' या फिर ''जैसे को तैसे मिल जाहीं।'' जो भी हो, उनके काम कभी नहीं रुके।

कहते हैं कि बुढ़ापे को जवानी खींचे तो वो भी जवानी महसूस करने लगता है और फिर छद्दन तो अधेड़ थे। वे भी इस बात को कुछ ज्यादा ही गहराई से महसूस गए। इसीलिए दो तीन और हो गए। जोश में परिवार नियोजन जैसे शब्दों की सुध ही न रही। फिर भी छद्दन मस्त ही रहे।

समय ने छद्दन को छोटे बच्चे तो दे दिए थे, मगर इसका परिणाम ये हुआ कि उनके अधिकार बड़े बच्चों ने छीन लिए और रही सही कसर ताश के पत्तों ने मुंह मोड़कर पूरी कर दी। उस दिन एक के बाद एक चारों बेगम भीतर मरीं, सीधे-सीधे दस मिनट में बीस लाख गए। उसके बाद कुछ भी ठीक नहीं हुआ।

केवल अधिकार ही नहीं, वो सीट भी गई जहाँ बैठकर छद्दन बड़े-बड़े दाँव खेलते थे। कुछ भाग जायजाद में से भी चला गया था और कुछ गिरवी रखा गया था। कभी-कभी बाप-बेटे साथ खेल लेते थे, मगर अब छद्दन में वो बात नहीं रही थी। इसीलिए बच्चों ने कह रखा था कि खर्च के लिए हमसे माँग लिया करो, मगर छद्दन की पुरानी आदत इतनी आसानी से कहाँ जाने वाली थी। कुछ ही सालों में बच्चों ने भी इसी फील्ड में काफी नाम कमा लिया था। ऊपर वाले के साथ-साथ आई.पी.एल. की भी मेहरबानी रही और मैच की हर गेंद कुछ-न-कुछ देकर ही गई। वक्त तो लगा, मगर हालात सुधरने लगे थे। बड़े शरीर में घाव भी बड़े ही लगते हैं, और उन्हें भरने में भी वक्त तो लगता ही है। छद्दन के लड़कों ने उन्हीं के पेशे को अपनाकर सब कुछ बहुत जल्दी ही हासिल कर लिया था।

छद्दन ने शौकिया कपड़े की दुकान खोल ली थी। वैसे खर्च तो पुरानी कमाई से ही चलता रहता था। फिर भी एक बैठने के लिए गद्दी तो बन ही गई थी। वैसे सभी के दिमाग में एक प्रश्न तो उछल ही रहा था कि हजारों लाखों का गेम खेलने वाला आदमी, दस बीस पर ग्राहकों से चिकचिक करेगा?

10.

कुछ लोगों को हर समय बहादुर बनने का जुनून सवार रहता है। जिनमें से अख्खे भी एक थे। जो बातों और कार्यों दोनों से ही बहादुर बनने का कोई भी मौका हाथ से नहीं जाने देते थे। वैसे रात्रि विचरण निशाचरी कर्म की मजबूरी भी है, परंतु जो जलती आग में कूद पड़े, उसकी बहादुरी को मूर्खता के ही पैमाने से नापा जाए तो कोई बड़ी बात नहीं है। अख्खे के इस जुनूनी स्वभाव की बजह से ही उनकी दोस्ती ज्यादा दिन नहीं चल पाती थी। कभी-कभी हालात यहाँ तक पहुँच जाते थे कि लोग उनकी दुश्मनी से अधिक, उनके प्रेम से भयभीत हो जाते थे। अख्खे की एक खासियत और थी कि नगर में उपस्थित उनकी मित्र

मंडली में किसी का भी कोई-सा भी काम हो, वे उसे अपना ही समझ लेते थे और स्वयं के तन, मन, धन के अतिरिक्त दूसरों के सामान भी उपयोग कर लेते थे।

कल शाम को ही अख्खे, केशूभाई की मोटरसाइकिल उठाकर ऐसे ही किसी दूसरे के काम के लिए आदतन ले गए थे और अब तक लौटे नहीं थे। सुबह-सुबह किसी जरूरी काम से बाहर न जा पाने के कारण केशूभाई उन्हें कोसते हुए टहल रहे थे। तभी बच्चू ने राम-राम की। केशू खिसककर बच्चू के चबूतरे पर ही पहुँच गए थे और कहने लगे,

''बच्चू इस अख्खे ने तो नाक में दम कर दी, दोस्ती न हुई जी का जंजाल हो गया, जब देखो बिना बताये गाड़ी उठाकर कहीं भी चल देता है। खुद का कोई कामधाम तो है नहीं, और न किसी को चैन से करने देता है।'' केशू ने बड़ी ही खिन्नता से कहा।

''ऐसी क्या मुसीबत आन पड़ी जो इतने परेशान हो रहे हो?'' बच्चू ने कहा।

''आज रतन के यहाँ जाना था। उससे कुछ पैसे ले लिए थे जों आज जरूरी देने थे। अब दो चार किलोमीटर पैदल चलना पड़ेगा।'' इसके आगे कुछ कहते तभी अख्खे ने बिल्कुल पास आकर मोटरसाइकिल रोक दी। हड़बड़ाकर केशु दूर उछल पड़े और गिरते-गिरते बचे।

''यार ये हर वक्त का मजाक ठीक नहीं है, तुम तो कुछ समझते नहीं हो और परेशान मुझे होना पड़ता है। यार तुम्हें खुद को काम हो तो ही मोटरसाइकिल ले जाया करो ये दुनिया भर के लिए नहीं है। तुम्हारा व्यवहार तुम्हें ही मुबारक।'' कहकर बिना उत्तर की प्रतीक्षा किए हुए केशुभाई मोटरसाइकिल स्टार्ट कर आगे बढ़ गए।

''इसे क्या हुआ?'' अख्खे ने बच्चू से हँसकर पूछा, मगर उनके भीतर कुछ टूट गया था जैसा कि हरबार टूट जाता है। उन्हें केशू में अच्छे मित्र के सारे लक्षण एक-एक कर बिलुप्त होते दिख रहे थे।

''कुछ जरूरी काम से कहीं जाना था और तुम लेट हो गए थे इसीलिए खिसिया रहा था।'' बच्चू ने बात टालते हुए कहा। परंतु अख्खे इससे संतुष्ट नहीं थे फिर भी बच्चू के उदासीन व्यवहार से आगे न पूछ

सके और चुपचाप अपने घर की तरफ बढ़ गए। घर पहुँच कर पत्नी के सामने बहादुरी प्रदर्शन हेतु कुछ गालियाँ बकीं और फिर दुनियाभर के टुच्चेपन को गरियाते रहे।

केशू ने मोटरसाइकिल चलाते हुए घड़ी देखी, थोड़ी देर हो चुकी थी। ''रतन घर से दुकान के लिए निकल आया होगा।'' सोचकर मोटरसाइकिल बाजार की तरफ मोड़ दी। रतन दुकान की शटर उचकाकर झाड़ू लगा चुका था। शर्ट गंदी न हो इसीलिए उतारकर कील से टाँग दी गई थी जो अब भी वहीं टँगी थी। बनियान और पेंट में उसकी थुलथुल काया कुछ ज्यादा ही उभरकर दिख रही थी। केशूभाई को अपनी ओर आते देखकर उसने दूर से ही कहा,

''अच्छा हुआ तुम आ गए। किसी को रुपए जरूरी देने थे; जुवान कर चुका था।'' सामने चाय की दुकान पर दो चाय का इशारा कर रतन गद्दी पर बैठ गया।

''सब जुवान का ही तो खेल है।'' कहते हुए बगल में केशूभाई भी जम गए थे।

चायवाला चाय दे गया था। ''मेरे चले आने के बाद गेम का क्या हुआ?'' चाय की चुस्की लेते हुए केशू ने पूछा।

''होना क्या था तीन लाख देकर मैं भी चला आया? तुम्हें दे दिए थे इसीलिए ये बच गए नहीं तो ये भी चले जाते। साला अपना तो टाईम ही खराब चल रहा है।'' कहकर रतन ने एक लम्बी साँस छोड़ी।

''अभी कुछ दिनों के लिए खेलना बंद कर दो।'' केशू ने समझाया।

''यार बिना खेले मन भी तो नहीं मानता है।'' रतन ने अपने मन की बात कह दी।

''हमारे मुहल्ले में आ जाया करो। घंटे-दो-घंटे पपलू खेल लिया करो, ज्यादा-से-ज्यादा हजार-दो-हजार इधर-के-उधर होंगे।'' रतन को केशू का सुझाव पसंद आ गया था। ग्राहकों की आवाजाही शुरू हो गई थी, देखकर केशू उठ आया था।

अख्खे को इससे कोई मतलब नहीं था कि उन्हीं के देखते–देखते वो नदी कैसे सूख रही थी जो बरसात में लबालब भरी थी? समय और पत्ते हमेशा एक से नहीं चलते, मगर दोस्ती चल सकती थी वो भी न चल सकी। मौसम सख्त होते ही सारे पंछी उड़ गए जिसमें एक नाम अख्खे का भी था। इस घटना के बाद केशूभाई ने मुठ्ठी कुछ और कसी तो दूरियाँ कुछ और अधिक बढ़ गईं थीं।

आजकल अख्खे बच्चू के साथ अधिक देखे जा रहे थे। ऐसी चर्चा थी कि कोई धंधा डालने की सोच रहे हैं। एक पार्टनर बाहर का है जिसका नाम बिन्नी है। ऊँची कदकाठी का जमाऊ जवान और दिलदार भी है, मगर जुआ लिमिट का ही खेलता है। ये सभी साथ मिलकर काम कर रहे हैं।

आज सुबह–सुबह अख्खे शिब्बू को बता रहे थे कि ''रेडीमेड कपड़ों के कारोबार को शुरू करने पर विचार चल रहा है। आधे में हम दोनों हैं और आधे में बिन्नी भाई साहब।''

''यार कोई कह रहा था कि बिन्नी भाई सट्टा के बहुत शौकीन हैं। कभी गेम में भी तो लाओ उन्हें, देखें कैसा खेलते हैं?'' शिब्बू ने कहा।

''पता नहीं क्यों ताश नहीं खेलते हैं? एक दो बार मैंने भी कह कर देख लिया है।'' अख्खे ने निराशा जाहिर की।

सुनकर शिब्बू ने मुंह बनाया, शायद इसलिए कि एक मालदार मुर्गा कटने से बच गया। कुछ सोचकर फिर कहने लगे, ''तुम और बच्चू तो आओगे न, अभी बाहर की पार्टियाँ रोज आ रहीं हैं, और साले दारूखोर बड़ी सनक में खेलते हैं। कल तीन लाख देकर गए थे और चेहरे पर शिकन तक नहीं।'' सुनकर अख्खे के मुंह में पानी आ रहा था। बड़े जोश से बोले,

''जरूर आऊँगा और फिर अभी दो चार दिन तो बिन्नी भाई साहब भी घर गए हैं।''

''गेम दिन में होता है एक से पाँच बजे तक, समय पर पहुँचना है।'' कहकर शिब्बू निकल गए।

अखबे ने बच्चू को गेम प्लान समझा दिया था। वो भी तैयार ही थे। जब सामने मालदार आदमी हो तो किसका मन न फिसले, फिर भले ही दाँत टूट जाएं? अखबे और बच्चू ने साथ मिलकर रिस्क उठाने का पक्का इरादा कर लिया था।

अखबे और बच्चू समय से ठिकाने पर पहुँच गए थे, मगर उन्हें धीरूभाई के 'जुआ गढ़' के मुख्य दरवाजे बंद मिले। थोड़े प्रयास से उन्हें मालूम चला कि रात को चोरी की कुछ वारदातें हो गई थीं जिससे पुलिस की गहमागहमी तेज हो गई है। जलती आग में कौन कूदे, यही सोचकर वे भी लौटने वाले ही थे कि तभी शिब्बू और अद्धे भी आ गए। वैसे अद्धे का नाम तो कुछ और ही था जिसकी जरूरत दसवीं के फार्म भरने तक ही पड़ी, बाद में अद्धे से काम चलता रहा। अद्धे नाम उनकी भौतिक संरचना को देखकर ही उन्हीं के चाहने वालों ने रख लिया था। असल में वे नीचे से कुछ अधिक की मोटे थे चेहरा किसी गोल बोतल के ढक्कन की तरह ही सोहता था। साथ ही उन्हें रोज आधी बोतल दारू भी लगती थी इसीलिए वो अद्धे हो गए थे। जिससे उन्हें भी कोई ऐतराज नहीं था।

"यार बच्चूभाई जब आ ही गए हो तो पास के होटल में दारू पार्टी हो जाए।" नजदीक आकर अद्धे ने चहकते हुए प्रस्ताव रखा। सुनकर बच्चू ने अखबे की तरफ देखा।

"मुझे कोई दिक्कत नहीं है पर एक दो पैग से ज्यादा अपनी क्षमता नहीं है। जबरदस्ती न करो तो हो जाए।" अखबे ने सहमति जता दी। "मुझे भी कोई आपत्ति नहीं है, परंतु मैं तो बियर वाला हूँ।" शिब्बू ने अपनी पसंद और क्षमता पहले ही सभी को बता दी थीं।

"तुम होटल पहुँचकर पनीर की भुर्जी बनवा लेना तब तक हम बोतल लेकर आते हैं।" अद्धे ने कहा और ठेके की ओर बढ़ गए। रास्ते में सुरजन हवलदार भी मिल गए थे जिन्होंने अद्धे को कई बार पुलिस रेड में बचा लिया था। कहते हैं कि दारू-मुर्गा से बड़ा और कोई धरम-करम नहीं होता है, मगर इस बात को समझते भी वहीं हैं जो इसके मर्म

और स्वाद को समझते हैं। अद्धे उन्हें भी साथ ही लिवा लाये। सभी ने हवलदार जी को सवर्दी देखकर ससम्मान उनके लिए कुर्सी छोड़ दी थी और वो उनके बैठते ही पुनः आबाद हो चुकी थी। बोतलें गिलास और भुर्जी के साथ टेबल की शोभा बढ़ा रही थी।

चूंकि पुलिस की इज्जत वाली बात थी इसीलिए कोई न देखे, इस बात का भी बखूबी ध्यान रखा गया था। अद्धे ने सभी की पसंद की दारू निकाल कर रख ली थी। एक सदस्य और शामिल होने से दारू के कम पड़ने की संभावना को देखते हुए शिब्बू ने अख्खे के साथ वियर की बोतल बाँटने की पेशकश की, जो सहर्ष स्वीकार कर ली गई थी। अख्खे और शिब्बू कभी कभार वाले शौकिया किस्म के पीने वाले, और अद्धे परमानेंट थे। उन्हें रोज लगती थी नहीं तो उनका पेट ऐंठता था और हाथ पाँव शिथिलता को प्राप्त हो जाते थे।

आधी प्लेट भुर्जी और आधी-आधी बोतल पीने के बाद माहौल रंगीन और बोल बिंदास हो गए थे। तब तक शिब्बू और अख्खे भी मुंह बिसूरते हुए एक-एक प्लास्टिक के गिलास खाली कर चुके थे। शिब्बू जल्द ही रंग में आ गए, ''यार ये कसैली बदबूदार दारू तुम कैसे पी लेते हो? मुझसे तो बियर भी बड़ी मुश्किल से पी जाती है।'' शिब्बू ने कहा। तो सहमति अख्खे ने भी जताई।

''तुम सुखी हो भोसड़ी के, और अपनी तो जिंदगी ही झंड है। जब जीवन ही कसैला और बदबूदार हो जाए तो शराब बहुत मीठी लगती है।'' कहकर एक ही साँस में पूरा एक पैग गटकर अद्धे ने अपने कहे को साबित कर दिया। उसके बाद तुरंत मुंह में भुर्जी ठूंस ली।

''अबे! तुझे हुआ क्या है? रोज तो जुआ खेलता है। दारू पीता है। ऐश की जिंदगी कट रही है।'' अख्खे ने कहा। सुनकर अद्धे मुस्कुराया! उसके चेहरे पर कुछ ऐसे भाव उभरे कि सभी चौंक गए। तभी वह खुद को संयत करते हुए बोला, ''भोसड़ी का पैसा ही सब कुछ नहीं होता, जिंदगी को कुछ शुकून शांति भी लगती है। जब रोज-रोज की चख-चख हो तो दिमाग फटने लगता है तब दारू ही जँचती है; पीकर

सो जाओ। किसी से कुछ कहो तो वही काटने को दौड़ता है इसलिए सब बंद दारू शुरू।''

''अद्धा सही कह रहा है। थाने में रोज कोई न कोई दरुआ आ ही जाता है, कुँआरा हुआ तो माँ-बाप को कोसता है और व्याहता हुआ तो घरवाली को और फिर बूढ़े तो मरने को ही पीते हैं; ताकि बच्चों को कोसने गरियाने से पहले ही बिना फजीते के निकल लें। आजकल औलाद भी बड़ी हरामी हो गई है उन्हें जोरू के अतिरिक्त सब जहन्नुम लगता है!'' हवलदार ने अपने पिघलते हुए दर्द को शब्द दिए और बोतल उठाई जो खाली हो चुकी थी। उसने जेब से पाँच-सौ का तुड़ा मुड़ा नोट निकाला और शिब्बू को देते हुए कहा, ''एक बोतल और ले आ अभी मन नहीं भरा।''

''पैसे मैं देता हूँ।'' बच्चू ने कहकर जेब टटोली। अब तक वो चुपचाप पिए जा रहा था। वो भी कम रियाजी नहीं था।

''अबे रहन दे, मैंने भी कौन-सा घी बेचकर कमाए हैं। अभी एक रेत से भरे ट्रक वाला दे गया था।'' शिब्बू माहौल समझकर बोतल लाने चला गया।

''लोग शौक से भी तो पीते हैं जैसे मैंने भी पी है।'' अखबे ने कहा।

''तुम डरते हो तमाशा बनने से। सुखी होने का ढोंग करते हो इसीलिए कम पीते हो। आदमी खुश हो तो उसे दारू क्या, किसी भी नशे की जरूरत नहीं है।'' हवलदार ने कहा। सुनकर अखबे स्वयं के जीवन में झाँककर कुछ उत्तर तलाश रहे थे। शिब्बू बोतल लेकर आ चुके थे।

''यार चलता हूँ एक जरूरी फोन आ गया।'' बोतल रखते हुए शिब्बू ने कहा। अखबे भी निकलना ही चाहते थे, मौका मिलते ही कहने लगे, ''अब तो इनकी पार्टी लम्बी चलेगी। मैं भी चलता हूँ।''

''जाओ यार... दिमाग मत चाटो।'' कहकर हवलदार ने बोतल खोली और पैग बनाने लगा। उन तीनों को छोड़ शिब्बू और अखबे निकल आए थे।

रतन ने कुछ दिनों से यहीं मुहल्ले में आकर पपलू खेलनी शुरू कर दी थी। जिससे हजार-दो-हजार में ही उसका दिन कट जाता था, मगर रतन की गेम में अनुपस्थिति से फायनेंसरों की चिंता बढ़ रही थी, और क्यों न बढ़े उनके लाखों फँसे थे। फिर भी उनके लिए संतोष की बात ये थी कि मार्केट में रतन की साख एक दानेदार आदमी की थी। वैसे जुआरियों के दाने कुछ ही दिनों में घिस जाते हैं, परंतु रतन की बात अलग थी। रतन भी तो मेनरोड प्रोपर्टी के सौदे के लिए लगातार प्रयत्न कर रहा था।

प्रोपर्टी के खरीदार मिलना तो किसी के हाथ में होता नहीं है। यही बात दिन-प्रतिदिन रतन को परेशान कर रही थी। इधर फायनेंसरों का दबाव भी निरंतर बढ़ रहा था। इसीलिए उसने इस चीथाचाथी से बचने के लिए दुकान पर भी बैठना कम कर दिया था। शिब्बू या उम्मीदसिंह के घर पर पपलू खेलना सुरक्षित बात थी।

आज सुबह से ही पपलू के साथ-साथ रात की घटना की चर्चा भी चल रही थी। दप्पू की रात काम की ठुकाई हुई थी। जोटीलाल और उसके मित्रों ने मिलकर धोया था। उसने जोटीलाल के बने बनाये काम को बिगड़ दिया था। वैसे जुआ में फायनेंसरों को घुमाना बड़ी बात नहीं है, परंतु बनती बात बिगाड़ना गलत माना जाता है। केशूभाई की हालत इन दिनों कुछ कड़क ही चल रही थी इत्तफाकन रात को गेम में पत्ता चल पड़ा था। जोटीलाल के मुखबिर ने पक्की खबर दी कि फलानी जगह वसूली हो सकती थी। जोटीलाल दलबल के साथ पहुँचे, मगर तब तक केशूभाई निकल चुके थे। सूत्रों से पता चला कि दप्पू का फोन आया था। चर्चा भी दप्पू के सामने ही हुई थी।

बात आईने की तरह साफ थी इसलिए सजा स्वरूप दप्पू की जोरदार मरम्मत की गई थी। मुंह पर कई नील पड़ गए थे जो छुपाये न जा सके, बाकी तो सब ठीक था। मतलब कि दप्पू के पास इस मरम्मत को छुपाने का विकल्प था, परंतु ये भी न हो सका।

''यार अभी दप्पू मिल गया था। मुंह सूजा सा लग रहा था, पूछा तो कह रहा था कि रात को कहीं गिर गया था।'' आकर बच्चू ने बताया तो सुनकर सभी हँसने लगे।

''मैंने कोई चुटकुला तो सुनाया नहीं है। साथ खेलता है इतनी जानकारी तो होनी ही चहिए।'' बच्चू ने झेंपते हुए कहा।

''तुम भी बातों में आ गए। रात को जोटी ने कूटा है। डबल गेम खेल रहा था।'' शिब्बू ने कहा।

''तो ये बात है। वैसे बड़ा नाटकी है। जरा-सा भी ये नहीं लग रहा था कि कुटा-पिटा है। नहा-धोकर तैयार घूम रहा था।'' बच्चू ने कहा।

''ये दप्पू पुराण बंद करो। पत्ते बाँटो जिससे काम चले।'' अख्खे ने ताश समेटकर देते हुए कहा। दप्पू फिर कभी के लिए छोड़ दिए गए थे।

घड़ी में सुबह के आठ बज रहे थे। बाहर मुहल्ले में ''चेन लगवा लो, पुराने बैगों, बस्तों, कपड़ों में चेन लगवा लो।'' सुनकर बिस्सू अपना पुराना कपड़े का बैग लटकाये आवाज की दिशा में कान लगा रहे थे। बिस्सू नियमित जुआरियों में शामिल नहीं थे, परंतु दिवाली-दशहरे पर साल भर की कसर निकाल लेते थे। चेन वाले को देखकर हाथ से इशारा किया। वह आकर चबूतरे पर जम गया और बिस्सू से बैग लेकर चेन लगाने लगा। उसके हाथ अनुभवी कलाकार की तरह चल रहे थे।

शिब्बू, बच्चू, डॉक्टर आवाज सुनकर बाहर निकल आए थे। वह बिस्सू के बैग में चेन लगा चुका था। ''बीस रुपए हुए।'' कहकर उसने बैग बिस्सू की ओर बढ़ा दिया। बिस्सू बैग लेकर भीतर चले गए और पैसे लेकर लौटे तब तक शिब्बू भी एक बैग उठा लाए थे। उसने बिस्सू से पैसे लेकर जेब में रख लिए और शिब्बू का बैग सुधारने लगा।

''यार कहाँ सीखा है ये हुनर!'' शिब्बू ने उसकी काम करने की गति को देखकर आश्चर्य से कहा। उसने दो मिनट में काम कम्पलीट कर बैग देते हुए कहा। ''जुए ने बरबाद कर दिया और मजबूरी ने सिखा दिया, अब इसी से घर चलता है।'' सुनकर सभी चौंक गए।

''कहाँ के हो?'' शिब्बू ने पूछा।

''मौ के हैं।'' उसने सहज भाव से कह दिया।

''शिब्बू ये तो अपने स्टाफ का ही है।'' सुनकर बिस्सू ने कहा।

''हाँ! है तो, परंतु कभी देखा नहीं।'' शिब्बू ने आशंका जाहिर की।

तो उसने कई गाँवों और कस्बों के नाम गिना दिए जहाँ वह खेलता था। सुनकर शिब्बू बोले, ''इसीलिए नहीं टकराए, कभी यहाँ आए होते तो जरूर पहचान होती।'' कहते हुए शिब्बू गर्व का अनुभव कर रहे थे। आखिर शोहरत तो शोहरत ही होती है फिर चाहे वो जुआरियों के बीच ही क्यों न हो।

''दस लाख से निबटा बैठा हूँ।'' उसने अफसोस जाहिर किया।

''ये तो चलता ही रहता है, परंतु ये बताओ तुम धंधे वाले होकर जुए के चक्कर में कैसे पड़ गए?'' बिस्सू ने पूछा। सभी ने सुर में सुर मिलाया। सभी टाईम पास के मूड में थे। वह सुनाने लगा।

''दो साल पहले की बात है। मैं गाँव-गाँव जाकर सूखा मठा खरीदता था। इसीलिए घर से अच्छी खासी रकम लेकर निकलता था। उस दिन साठ हजार रुपए जेब में डले थे। जिस गाँव में मैं गया उसमें जुए का खेल चल रहा था। मैं चुपचाप देखता रहा। मेरे सामने हजारों इधर-के-उधर हो गए थे। मेरे मन में भी लालच घर करने लगा था। अंततः मैंने भी पाँच हजार रुपए दाँव पर रख दिए। हार गया। फिर दस फिर बीस थोड़ी ही देर में सब साफ हो गया। मैं घर खाली हाथ लौटा तो झगड़ा हुआ। मैंने रुपए गिरने का बहाना बनाकर बात टाल दी।

कुछ दिन बाद फिर वही हुआ, और फिर यही रोज होने लगा। धंधा डूब गया और पैसे भी। अब चेन लगाकर पेट भर रहा हूँ।'' कहकर वह मौन हो गया। शिब्बू ने बैग लेकर पैसे दिए तो सभी कहने लगे। ''यार अपने ही स्टाफ का है कंसेशन तो बनता है।''

''फुल कंसेशन।'' कहकर वह उठ खड़ा हुआ। सभी उसका चेहरा देख रहे थे। मुस्कराकर उसने फिर कहा, ''पक्का जुआरी रहा हूँ। इससे फर्क नहीं पड़ता है।'' कहकर उसने थैला उठाया और आवाज लगाई, ''चेन लगवा लो...।'' शिब्बू दस रुपए बचाकर संतुष्टि का अनुभव कर रहे थे।

11.

हाईटेक होती दुनिया में अगर जुआ भी हाईटेक और कैशलेस हो जाए तो कमाल ही हो जाए तब न पुलिस का डर रहेगा और न कोई जुआ खेलने का सुरक्षा कर देना पड़ेगा। पेमेंट पेटीएम से होने लगे तो कमाल हो जाए। इसी संकल्पना को साकार करने के लिए आज सुबह-सुबह ही माही ठाकुर का मुहल्ले में आगमन हुआ। ये माही ठाकुर राजनीति के साथ-साथ क्रिकेट सट्टा खिलवाने आदि के शौकीन थे। और कभी-कभी स्वयं भी खेल लिया करते थे। उन्होंने अख्खे, केशू, शिब्बू, और बच्चू को अपने फोर जी एन्ड्रॉयड फोन में लूडो का गेम दिखाया और कहने लगे, ''चलो दो सौ रुपए का एक गेम हो जाए।'' सुनकर अख्खे तैयार हो गए थे। उन्होंने मोबाइल में ये गेम खेला था, परंतु पैसे से पहली बार था।

कुर्सियाँ आ गई थीं। सभी घेरा बनाकर जम गए थे। माही और अख्खे टू प्लेयर गेम में आमने-सामने थे। गोटियाँ बैकग्राउंड म्यूजिक के साथ सरक रहीं थीं। रोमांच और उत्सुकता के साथ आधे घंटे में तीन गेम निपट गए थे। एक माही और दो अख्खे ने जीत लिए थे। दो सौ रुपए जेब में डालते हुए खेल समाप्त हो गया। किसी दूसरे ने हाथ नहीं आजमाया।

''यार ये चीज तो कमाल की है और बढ़िया टाईमपास। आज मैं भी डालवा लूँगा।'' केशू ने कहा।

''अरे! इसके लिए भी दुकान पर जाना पड़ेगा? लाओ प्लेस्टोर से डाउनलोड कर दूँ।'' केशू से मोबाइल लेते हुए माही ने कहा। कुछ ही देर में सब कंप्लीट हो गया। बच्चू भी कहाँ पीछे रहने वाले थे। उन्होंने भी बहती गंगा में हाथ धो लिए। सभी इसे पपलू का विकल्प मान रहे थे। दो चार दिन में ही लूडो की खुमारी ऐसी चढ़ी कि फिर उतरी ही नहीं। सभी जोड़ियाँ बनाकर दुनिया से बेखबर और बेखौफ होकर खेलते देखे जा सकते थे।

लूडो ताश के बावन पत्तों का विकल्प बन गया था। हफ्ते भर में ही इसका खुमार इतना चढ़ गया था कि शाम होते ही मुहल्ले में कोई न कोई खेलता दिख ही जाता था। माही की हाईटिकता मजबूत साबित हुई और पपलू के विकल्प के रूप में देखी जाने लगी थी। बच्चू, केशुभाई, अख्खे, जेती आदि इसे रोज आजमा रहे थे। वहीं राजा, उम्मीद जैसे कुछ थे जो अब भी पपलू के ही पक्ष में खड़े थे, और ताश की चार गड्डियों के पुनः गतिमान होने की राह देख रहे थे।

कल रात बच्चू ने लूडो में पच्चीस सौ पीट लिए थे। जिसकी चर्चा सुबह हो रही थी। बच्चू रात की पारिवारिक पार्टी के खर्चे का ब्यौरा दे रहे थे। तभी चौधरी अखबार लेकर आ गए।

''लो पढ़ लो। लूडो ने पुलिस के पेट पर लात मार दी है। हेडलाइन थी, 'जुए के हाईटेक विकल्प के समक्ष पुलिस लाचार', बेचारे किस धारा के अंतर्गत पकड़ते।

''ठीक ही तो है। हरामखोरों ने खूब लूट मचा रखी थी।'' शिब्बू ने भरपूर समर्थन दिया।

''मनोरंजन तक तो ठीक है, परंतु बड़े गेम तो बिना ताश के हो ही नहीं सकते।'' केशुभाई ने अपने कद के हिसाब से विचार रखे। तभी अख्खे ने बड़बड़ाते हुए कहा,

''ये सब छोड़ो, एक दो गेम की इच्छा हो तो कुर्सियाँ मँगा लो।''

''केशू तत्काल तैयार हो गए थे।'' बच्चू कुर्सियाँ निकालकर चबूतरे पर डाल चुके थे। शिब्बू के पास दोनों पक्षों के पैसे एहतियातन जमा हो गए थे; ताकि बाद में कोई चिकचिक न हो।

लूडोकिंग में बैकग्राउंड म्यूजिक के साथ गोटियाँ इधर से उधर फुदक रहीं थीं और पैसे इस जेब से उस जेब में समा रहे थे। तभी अख्खे और जेती भी आ गए थे। वहाँ मुहल्ले के कुछ लोग भी दर्शक के रूप में मौजूद थे।

''यार गर्मी बहुत है! कोई कोल्डड्रिंक की बोतल मँगवा लो...।'' अख्खे ने कहा।

“चलो इसी बाजी से सौ का नोट निकाल लिया जाएगा। नोट जमा करने के बदले ठंडक तो मिलनी ही चाहिए।” शिब्बू ने कहा।

“जा में सें नई...बहुत हार चुका हूँ!” गेम जीतने के कगार पर खड़े बच्चू ने कहा।

“चलो छोड़ो, तो फिर सेहत ही बनवा दो!” शिब्बू ने कहा।

सुनकर, बिना कुछ कहे बच्चू ने बीड़ी का बंडल निकालकर शिब्बू को पकड़ा दिया। चार बीड़ी सुलग कर अपने अंजाम तक पहुँचीं ही थी कि मुहल्ले के दो सीनियर सिटीजन कुर्सी समेत आते दिखे।

“हो गया सत्यानाश, सेहत बनते-बनते रह गई!” शिब्बू ने जल्दी जल्दी दो सुट्टे लगाकर बीड़ी फेंकते हुए कहा।

“जब इन्हें ही उमर का लिहाज नहीं है तो छोड़ो ये सब...।” अख्खे ने मुंह बनाते हुए कहा।

“आ गए, अब खुलकर हँसी मजाक भी नहीं कर सकते। इन्हें इतना भी समझ नहीं आता कि बराबरी में बैठें, नाक में दम दर दी!” शिब्बू ने कहा।

बूढ़ी कुर्सियाँ जम चुकीं थीं। इसी बीच केशू ने एक गेम जीत लिया और सौ का नोट निकालकर देते हुए कहा, “ठंडा हो जाए।”

अख्खे ने नोट लेकर एक लड़के को ठंडा लाने के लिए भेज दिया। खेलने के लिए मना करके बच्चू कुर्सी खिसका चुके थे।

“इनके साथ खेलो तो यही समस्या है, दो चार सौ जीते और भगे!” केशू ने हिकारत की दृष्टि से देखते हुए कहा।

“भोसड़ी के ये बिना कलगी के मुर्गे हैं आज नहीं तो कल कटेंगे ही, चिंता क्यों करते हो?” अख्खे ने कहा।

“तुमई खेल लो!” कहते हुए बच्चू ने कुर्सी छोड़ दी। अख्खे बैठते उससे पहले ही जेती जम गए थे। अख्खे को उन्हीं के साथ पार्टनरशिप करनी पड़ी।

तभी झन्नाटेदार थम्सअप की जगह मीठी फ्रूटी की दो लीटरी बोतल डिस्पोजल गिलास के साथ आ चुकी थी।

''चलो यही सही।'' कहकर अख्खे ने वितरण का काम सँभाल लिया था।

खिलाड़ियों के साथ-साथ दर्शकों के भी गले तर हो गए थे। तब तक केशू ने एक गेम और फटकार लिया था। जेती ने पैसे देने में आनाकानी की तो केशू भड़क गए,

''इसीलिए में इन लोगों के साथ बिना पैसे जमा कराये नहीं खेलता!''

''खेल में लालाजू नहीं होते! दोस्ती-यारी अपनी जगह और पैसे अपनी जगह।'' अख्खे ने अपने हिस्से के पैसे देते हुए कहा।

जेती ने बेमन से ही सही, मगर पैसे दे दिए थे।

''घोड़ा घास से दोस्ती करेगा तो खाएगा क्या?'' केशू ने हँसकर जेब में पैसे रखते हुए कहा।

''बात तो सही है। जुआरियों के बीच के संबंध कसाई और बकरे की तरह ही मधुर और भविष्योन्मुखी होते हैं।'' कहकर वहीं बैठे एक बुजुर्ग दर्शक ने माहौल बना दिया था, परंतु खिलाड़ियों पर इसका ज्यादा असर होता दिखाई नहीं दिया। उनका ध्यान एक पौव्वा पर अटका था जिसके आने से जीत-हार का फासला तय होना था। पाँसा दोनों तरफ घूमकर उन्हें छल रहा था।

आईपीएल की तारीख तय हो गई थी। शिब्बू, अब छद्दन की जगह उनके लड़कों के साथ नजर आने लगे थे। पिछले कुछ सीजन बतौर कमीशन लाखों छोड़ गए थे। इस बार भी शिब्बू ने बतौर फायनेंसर तगड़ी रकम दाँव पर लगा रखी थी। युवाओं का झुकाव और साफ सुथरे भुगतान ने एक छोटे से कस्बे का टर्नओवर प्रतिदिन करोड़ के अरीब-करीब पहुँचा दिया था जिसमें माही, जगवीर जैसे छोटे खिलाने वालों का भी बड़ा योगदान था।

सुबह-सुबह ही अद्धे और छद्दन का आगमन हो गया था। शिब्बू ने स्वागत में केवल कुर्सियाँ ही नहीं डलवा दीं थी, बल्कि चाय नाश्ते का आदेश भी भिजवा दिया था।

''आज सुबह ही धीरूभाई का फोन आया था। कह रहे थे, इस आईपीएल ने तो बड़े गेम में बहुत मंदी ला दी है। बाहर से खिलाड़ी भी नहीं आ रहे थे।'' बच्चू ने कहा।

''चलो... दस-पंद्रह दिन का खेल और है फिर तो लौटकर यहीं आएंगे; जाएंगे कहाँ?'' छद्दन ने कहा।

''यार कल मेरे भी चार हजार दिल्ली ले डूबी। भाव अच्छा था लालच कर गया।'' अद्धे ने लम्बी साँस भरते हुए कहा।

''अपना तो लूडो जिंदाबाद, सट्टा-बट्टा अपनी समझ से बाहर है।'' बच्चू ने कहा।

''बात तो हार-जीत से है; साले रहोगे जुआरी ही!'' केशू ने हँसकर कहा।

''तुम कौन से मजिस्ट्रेट हो, जुआरी तो तुम भी हो?'' बच्चू ने चटककर कहा।

''छोड़ो ये सब! जब देखो बेमतलब की चिकचिक ..., ये बताओ तुम्हारे मुहल्ले में गप्पू कौन है?'' छद्दन ने पूछा।

''यही कोई बीस साल के आसपास की उम्र का लड़का है। क्या हुआ?'' उसके घर की तरफ इशारा करके शिब्बू ने कहा।

''हुआ तो कुछ नहीं, सुना है तीन-चार लाख के हेरफेर में है। सट्टा रोज खेलता है।'' छद्दन बोले।

''लगता तो नहीं है, और ऐसे पैसे वाले भी नहीं है कि घर का माल उड़ा सकें!'' शिब्बू ने चौंककर कहा।

''तुम्हें पता नहीं है, पिछले साल बड़े भाइयों ने मजूरी करके दो लाख पटाये थे। पक्का खिलाड़ी है।'' बच्चू ने छद्दन की बात का समर्थन किया।

तभी शिब्बू के मोबाइल की घंटी बजी। शिब्बू उठकर किनारा कर गए।

''चलो, अपुन भी चलते हैं।'' कहकर छद्दन उठ खड़े हुए।

अद्धे भी उन्हीं के पीछे हो लिए।

शिब्बू कान से मोबाइल लगाए फुसफुसा रहे थे। दूसरी तरफ कोई पुरुष स्वर था,

"मुंबई पर लाख-पचास हजार की बुकिंग है। फेवरेट तो है, परंतु लग रहा है पंजाब के चांस ज्यादा हैं। कहो तो...।"

"रहने दो, पिछली बार दो लाख घुस गए थे। ऊपर पास कर दो। रिस्क ज्यादा है। कमीशन ही बहुत है। परसों फायनल में देखेंगे।" शिब्बू ने कहा।

"ठीक है।" उधर से आवाज आई।

मोबाइल जेब में रखकर शिब्बू लौटे तब तक अद्धे और छद्दन जा चुके थे

शाम के सात बजने वाले थे। लूडो के खिलाड़ी जुटने लगे थे। बच्चू ने कुर्सियाँ निकालकर बाहर खुले में जमा दीं थी। पपलू के नियमित खिलाड़ी विकल्पहीनता के चलते सौ-पचास के दाँव लगाकर लूडो खेलने लगे थे। आज भी उन्होंने ही शुरुआत की थी।

सोनू माली नियमित ग्राहकों को फूल देकर लौट रहे थे, खाली कुर्सी देखकर वहीं बैठ गए थे। लूडो उनका भी प्रिय गेम था। दो गेम खेलकर चार सौ उन्होंने भी चढ़ाये और चलते बने थे।

केशू, उम्मीद, अख्खे भी आ गए थे। उनके साथ आज पीतू भी ऑफिस से सीधे आ पहुँचे थे। केशू, बच्चू के मोबाइल फुल चार्ज थे।

"आज तो मैं भी खेलूंगा।" कहकर पीतू ने कुर्सी केशू के सामने लगा दी।

"तीन सौ का होगा।" केशू ने कहा।

"ठीक है।" दो सौ रुपए निकालकर जमा करते हुए अख्खे ने कहा। अपनी पार्टी का उत्साह बढ़ाते और मार्गदर्शन देते हुए बाजी अंजाम तक पहुँच गई थी।

एक गेम जीत कर केशू जेब में रुपए रख ही रहे थे कि तभी गप्पू के घर से मार-पीट और चीखने-चिल्लाने की आवाजें आने लगी थी। सभी उस ओर दौड़े।

मगन नेता अपने चिरंजीव को लातों, घूंसों से गालियाँ छिड़क-छिड़क कर धो रहे थे। मगन नेता राजनीति में जगह तलाशते-तलाशते जब दाम की जुगाड़ करने लगे थे, बात तो तभी बिगड़ गई थी; और ऐसी बिगड़ी कि खादी के कुर्ता पजामा के अतिरिक्त राजनीति में उनके लिए कुछ भी नहीं बचा था, परंतु नेता जी तो बन ही गए थे।

उनके बच्चे ने भी नोट कमाने का शार्टकट अर्थात जुए की राह पकड़ ली थी। उसके बाद क्रिकेट के शौक ने आईपीएल की ओर खींच लिया था। शौक का शौक और दाम के दाम वाली बात को साकार करने के लिए कुछ इन्वेस्टमेंट की जरूरत पड़ी तो उसने घर के कुछ कीमती सामान पर हाथ साफ कर दिया था। जब असलियत मगन नेताजी तक पहुँची तो वे सीधे खोज-खबर लेने, गप्पू के ही घर चले आए थे।

सभी ने नेताजी को पकड़ लिया था। वे अब भी पूरे जोश में उफन रहे थे,

''इस हरामखोर की तो टांगें तोड़ देनी चाहिए, भोसड़ी का पड़ा रहेगा खाट पर; कम-से-कम चैन से तो रहेंगे। अब तो चोरी भी करने लगा है। आज अपनी की है कल दूसरों की करेगा।''

अख्खे ने उस लड़के को भागने का इशारा किया जो अपने बाप को बड़ी ही हिकारत से देख रहा था। जैसे कह रहा हो 'तुम्हारे बाप को मेल डरी जो हमें सुधार लो!'

मौका मिलते ही वह भाग खड़ा हुआ। मगन नेताजी ने उसके पीछे भागना उचित नहीं समझा। वे अपनी समझ से उसकी पर्याप्त मरम्मत कर चुके थे।

सभी पुनः अपने नियत स्थान पर आ गए थे। मगन नेताजी भी वहीं आ बैठे, और देर तक अपने सुपुत्र के कारनामे बखानते रहे। तब तक केशू ने एक गेम और जीत लिया था। परिणाम स्वरूप नेताजी के सत्कार में एक कोल्डड्रिंक और मँगवाई गई।

''सात-आठ गिलास भी लेते आना।'' अख्खे ने लेने जा रहे लड़के से चिल्लाकर कहा।

''आजकल के बच्चों की तो कुछ कहो ही न, जरा भी भरोसा कर लिया तो गए काम से! उनकी तो उचित निगरानी होनी चाहिए वरना बिगड़ते देर नहीं लगती।'' शिब्बू ने बड़े ही गम्भीर भाव से कहा।

''क्या करें...चौबीसों घंटे तो पीछे फिर नहीं सकते?'' नेताजी ने बड़े ही हताश स्वर में कहा।

''सो तो है, परंतु अपनी जिम्मेदारी तो निभानी ही है, पूरी जिंदगी का सवाल है। हम तो जैसे-तैसे भुगत ही रहे हैं यही सुधर जाएं तो गंगा नहा लिए।'' शिब्बू ने कहा।

''सही कह रहे हो शिब्बू भाई; देखते हैं शायद कुछ हो सके।'' कहकर मगन नेताजी ने घर की राह पकड़ ली।

''देखा! ऐसे कह रहे थे जैसे हम पर एहसान कर रहे हों। इनके बच्चे डाकू नहीं होंगे तो किसके होंगे।'' शिब्बू ने मुंह विसूरते हुए कहा।

बच्चू, अख्खे ने खी-खी कर समर्थन किया और फिर ध्यान गेम पर केन्द्रित कर लिया। वैसे भी ये सब तो होता ही रहता है, बड़ा जुआरी कोई ऐसे ही थोड़े बन जाता है।

दीपावली और दशहरा के त्योहारी मौसम के बाद आईपीएल सीजन ही ऐसा समय था जिसमें जुआरियों और फायनेंसरों की सक्रियता देखते ही बनती है। यही समय तो उनके कमाई करने का होता है, फिर तो साल भर वही गिने-चुने लोग ही लगे रहते हैं।

आईपीएल की चर्चाएँ अब पूरी तरह बंद हो गई थीं। हार के सदमे और जीत की खुशी से उबरकर जिंदगी पुनः पटरी पर आ गई थी। परंतु पपलू जैसे पारंपरिक गेम को हाईटेक लूडो ने लगभग विस्थापित कर दिया था। प्रचार-प्रसार भी इतना हो गया था कि मुहल्ले के हाफचड्डा/लुंगी और सेंडू बनियान धारी युवा और अधेड़ खिलाड़ियों के अतिरिक्त फुल ड्रेस वाले बाहरी खिलाड़ियों का भी आगमन बढ़ गया था। कुर्सियाँ कम पड़ीं तो दो तीन घरों के सहयोग से उसे भी पूरा कर लिया गया था, परंतु खेल में व्यवधान किसी को स्वीकार नहीं था।

बेरोजगारी और लगातार की हार से बच्चू की पारिवारिक निगरानी बढ़ तो गई थी। वो उनके पौरुषेय दंभ के आगे ज्यादा भले ही खुलकर लागू न हो सकी हो, परंतु उसका प्रभाव उनके व्यवहार में अवश्य झलक रहा था।

आज संध्याकालीन जमावड़ा शिब्बू के घर के सामने यूं ही बातों-बातों में लग गया था। शेव करते समय बच्चू के होंठ पर लगा जख्म उनकी मर्दानगी पर दाग लगा रहा था। शिब्बू, डॉक्टर, जेती, आदि के साथ साथ मुहल्ले के और दो तीन जन इस मामूली दुर्घटना को घरेलू हिंसा से जोड़कर बच्चू का चैन छीन ले रहे थे। जिसकी तीव्रता उनके खेलने से मना करने पर और बढ़ गई थी।

''यार अख्खे, बेचारे बच्चू पर कंट्रोल कुछ ज्यादा ही हो रहा है। डांट-फटकार तक तो ठीक था मगर कुटाई-पिटाई... कुछ ज्यादा नहीं हो रहा है!'' हँसी दबाते हुए शिब्बू ने कहा।

''देखो भाई, ये सब कार्यक्रम तो हमारे साथ भी होते हैं, परंतु खेलना तो पड़ता ही हैं।'' नजर के चश्मे को सर पर संतुलित करते हुए अख्खे ने कहा। आज वे पूरी तैयारी के साथ आए थे, क्योंकि कल चश्मा न होने से बहुत परेशानी हुई थी।

''क्यों नाक कटा रहे हो, सौ-दो-सौ ही उठा लाओ? कम-से-कम गेम तो शुरू हो।'' शिब्बू ने मुंह बनाते हुए कहा।

''मुझे नहीं खेलना। कह दिया सो कह दिया।'' बच्चू ने बड़ी बेरुखी से कहा।

''छोड़ो यार, बच्चू दहशत में है।'' जेती ने कहा।

ठहाके के साथ माहौल मनोरंजक हो गया था।

''चलो खेल न सही, सेहत ही बनवा दो।'' शिब्बू ने कहा तो बिना कुछ कहे बीड़ी का बंडल शिब्बू को पकड़ा दिया।

तभी केशू ने आकर कहा, ''एक हमें भी लगेगी।''

धुँए के एक दौर के बाद केशू ने जेब से नोट निकाले और बोले, ''जो भी उम्मीदवार हो मैदान में आए।''

अख्खे तत्काल नाक पर चश्मा टिकाकर मैदान में उतर आए थे। शिब्बू ने दोनों से पैसे लेकर जेब में रख लिए थे। खेल शुरू होने से

बच्चू राहत महसूस कर रहे थें। सभी का ध्यान मोबाइल में खिसकती गोटियों पर था। शिब्बू स्वयं तो नहीं खेलते थे, परंतु एक उत्प्रेरक के रूप में उनकी फुलटाइम उपस्थिति माहौल बना देती थी।

आज अख्खे का दिन था। एक-के-बाद एक कुल सात गेम अख्खे जीत चुके थे। तभी शिब्बू ने कहा,

''*आज तो केशू लूडो केसरी से टकरा गए है; फुक्क पक्की है। काश ऐसी किश्मत बड़े गेम में होती तो अख्खे लखपति हो गए होते! दस-बीस लाख से क्या कम बनते?"*

''चलो फिर, ग्वालियर या झाँसी चलते हैं।'' जेती ने कहा।

तब तक केशू आठवीं गेम हारकर सरेंडर कर चुके थे। बात फिर बच्चू पर अटक गई।

''बच्चू खेले तो एक पाँच सौ का गेम और हो जाए।'' केशू ने कहकर दबी आग सुलगा दी।

''बच्चू खेले तो तीन सौ मेरे, बाकी वो लगा ले।'' डॉक्टर ने सौ-सौ के तीन नोट देते हुए कहा।

उकसाने के सारे प्रयास विफल रहे थे। बच्चू ने साफ मना कर दिया।

''सौ मेरी तरफ से।'' सौ का नोट देते हुए अख्खे ने कहा।

अब बात बच्चू के लिए आन, बान और शान की हो गई थी। अंत में बच्चू ने मोर्चा सँभाल लिया था। दस मिनट में केशू गेम हार चुके थे। बच्चू के चेहरे की रौनक लौट आई थी।

''एक गेम और हो जाए। बहुत घुस गए हैं।'' केशू ने पाँ सौ रुपए निकालते हुए कहा।

''छोड़ो यार! ये बेमतलब की बातें। दस बजने को हैं, पहले कुछ ठंडा हो जाए। बहुत गर्मी है।'' जेती ने कहा।

''बिल्कुल, परंतु ठंडा शायद न मिले; चूसी मँगा लेते है।'' शिब्बू ने रुपए देते हुए कहा।

''चूसी...?'' कहकर डॉक्टर ने आश्चर्य से देखा।

''अरे! पाँच रुपए वाली आइसक्रीम।'' शिब्बू ने कहा।

"हद है!" डॉक्टर ने सर हिलाया।

अख्खे चूसी का इंतजाम कर लौट आए थे। तब तक केशू ने गेम जीत लिया था। बच्चू जहाँ से चले थे वहीं खड़े थे। केशू ने हजार रुपए जेब में डालते हुए कहा,

"चूसी के पैसे तुम जानो! अपुन तो बहुत हार गए हैं।"

"अब करो चंदा..." अख्खे ने हँसकर कहा।

इस उपजे हालात ने चूसी की मिठास को कमजोर कर दिया था। सभी घर की राह पकड़ने से पहले जेब में कुछ टटोल रहे थे।

मुहल्ले में लूडो के साथ-साथ एक चर्चा और चल रहा थी, जिसके केन्द्र में छद्दन और शिब्बू की दोस्ती थी। शिब्बू के गृहप्रवेश से बहुत पहले से ही छद्दन दिखाई नहीं दे रहे थे। इसीलिए सूत्रों की जानकारी और अनुमानों के आधार पर लोगों के दिमागी घोड़े कुछ ज्यादा ही दौड़ रहे थे, परंतु पहुँचते वहीं थे जहाँ सभी पहले से ही खड़े थे! खैर...

रात के नौ बजने को थे। अख्खे ने भोजन निपटाने के बाद पैंट की जेबें टटोलीं, "बीड़ी तो खत्म हैं; रात कैसे कटेगी! चलो बच्चू से ले लेंगे, उसके यहाँ बिंडल रखा होगा।" सोचते हुए अख्खे ने कील से उतारकर तौलिया कमर से लपेटी और बच्चू के घर जा पहुँचे। उनके यहाँ बैठक पहले से ही जमी थी। चौधरी, डॉक्टर और उम्मीद बिराजमान थे। पता चला कि घर पर वो अकेले ही थे, पत्नी बच्चे सभी किसी शादी में गए थे। इसीलिए दाल-टिक्कड़ की चंदे से व्यवस्था की गई थी।

"आओ अख्खे भाई!" कहते हुए बच्चू ने कुर्सी खिसका दी। चौधरी छौंका के लिए प्याज लहसुन काट रहे थे।

"ये तो गलत बात है; हमें सूचना भी नहीं! वो तो बीड़ी खत्म न हुई होती तो हमें पता भी नहीं चलता।!" अख्खे ने उलाहना देते हुए कहा। बच्चू ने बीड़ी सुलगाकर सबको देते हुए कहा,

"ये भी खाने के लिए ही पूछने आए थे। तो मैंने कहा कि अभी बन गया है क्या? तो इन्होंने मना कर दी। बस फिर क्या था यहीं इंतजाम हो गया, वरना तुझे छोड़ देते।"

''सुनो, हम तो अभी खाकर ही आए हैं।'' अख्खे के कहने मे अफसोस झलक रहा था।

''अरे तो कौन सा हम अभी खाने के लिए कह रहे हैं, अभी तो दो घंटे ज्यादा का समय लगेगा। दाल भी आती ही होगी; मैंने अपने घर से देशी मँगवाई है। बाजार की में मजा नहीं आता!'' चौधरी ने विकल्प सुझाया।

अख्खे ने उसी पल कमर में फंसे मोबाइल को निकालकर घर लेट आने की सूचना दे दी। अब वे बेफिक्री से बारह बजे तक रुक सकते थे।

चौधरी का लड़का दाल पहुँचाकर तुरंत लौट गया था। चौधरी ने गैस पर पानी चढ़ा दिया था।

''यार ये छद्दन और शिब्बू के बीच क्या मैटर हो गया था कि बात इतनी बढ़ गई कि आना-जाना, उठना-बैठना सब बंद हो गया है?'' अख्खे ने पूछा। वे कहीं इसकी चर्चा सुनकर आए थे।

''पैसे के लेन-देन पर ही कुछ हुआ होगा और तो कुछ हुआ नहीं है!'' बच्चू ने आशंका जाहिर की।

''सुना तो मैंने भी है शायद आईपीएल का कुछ बाकी रह गया था इसीलिए दोनों में मनमुटाव हो गया है। लड़ाई-झगड़ा जैसा कुछ होता तो सभी को पता लग जाता।'' चौधरी ने हल्दी का डब्बा उठाते हुए कहा।

''ये तो शिब्बू के स्वभाव में है, सामने आकर नहीं लड़ता, मगर है बहुत शातिर दिमाग!'' उम्मीद ने मुंह पर गंभीरता लाकर कहा।

''पैसे पर तो बाप-बेटों में बिगड़ जाती है फिर ये तो जुआरी हैं! और फिर जो भी हो हमें इससे क्या लेना-देना?'' बच्चू ने बात को खत्म करने की कोशिश की।

तब तक उम्मीद बातें करते हुए चौधरी द्वारा अधकटी छोड़ी गई छौंका समग्री को अंजाम तक पहुँचाकर कमर सीधी कर रहे थे।

तभी पलंग पर रखे बच्चू के स्मार्टफोन पर लगातार नोटिफिकेशन ट्यून बज रही थी। उम्मीद ने मोबाइल उठाकर कहा, ''तेरे पास बड़े व्हट्सएप मैसेज आते हैं।''

''दुनिया सिर्फ मैसेज इधर-के-उधर ही करने में हजारों फूंक रही है वरना हमें इंटरनेट की क्या जरूरत है?'' अख्खे ने सभी की एजुकेशन को ध्यान में रखते हुए कहा।

''और पैसा होता किसलिए है; है तो मजे लो!'' बच्चू ने कहा।

तब तक पैटर्न पूछकर उम्मीद बच्चू का मोबाइल खोल चुके थे। व्हट्सएप खोलते ही मुस्कुराये! किसी ने दस-बारह 'नीली फिल्में' एक साथ भेज दीं थीं। जिसे वो वॉल्यूम बंद कर देखने लगे थे। और फिर थोड़ी-थोड़ी सभी देखकर बोले,

''दुनिया कहाँ-से-कहाँ पहुँच गई है! एक हमारा जमाना था कि कभी देखनी हो तो एकांत कमरे में टी.वी. वीसीआर लगाकर डरते-डरते देखा करते थे। और आज के बच्चे भी जेब में लेकर घूमते हैं।''

''हमारे पास कोई भेज भी देता है तो देखकर तुरंत डिलीट करनी पड़ती है, बच्चे देखें तो अच्छा नहीं लगता; सभी समझदार हो गए हैं।'' अख्खे ने बताया।

''यार ये ठेके वाली मित्र मंडली है! जब मन करता है मुंह उठाकर ठोक देते हैं। वहाँ तो ठीक था, परंतु परिवार में ये सब बुरा लगता है।'' फिर कुछ देर मौन रहकर बच्चू कहने लगे,

''जो भी हो ठेके पर आता बहुत मजा था। खूब खाओ-पियो और मौज करो। एक तो ऐसी मिली थी कि पूछो मत!''

''भौजाई ने बंबू पेला और तुम उखड़ आए!'' अख्खे ने बच्चू का चैन लिया।

''वहाँ भी हमारे लिए कमी नहीं थी। जेब में पैसा हो तो तमाम मिल जातीं हैं और न हो तो घर की भाग जाती है।'' बच्चू ने अंगूठे की ठेठ दिखाते हुए कहा, जो उनके दारू में पानी मिलाने के लिए ढक्कन खोलते-खोलते सूजे से बन गई थी। फिर अचानक ख्याल आया तो एक फोटो दिखाकर बोले, ''कैसी है?''

''मस्त!'' चौधरी ने कढ़ाई में मसाला चलाते हुए कहा।

तब तक डॉक्टर टिक्कड़ों के लिए आटा लगाकर रख आए थे। बोले, ''ये भोसड़ी का दिखता ही सीधा है; कुकर्म एक भी नहीं छोड़े है!''

''तुम्हारी तरह लोगों की सर्जरी तो नहीं करते है, नोट फेंककर तमाशा देखते हैं।'' बच्चू ने तत्काल व्यवहार उतारा।

''अच्छा ये सब छोड़ो वो सुनाओ जो सुनाने वाले थे, फिर टिक्कड़ भी ठोकने हैं।'' उम्मीद ने कहा। उनकी भूख दाल की खुशबू सूंघकर और बढ़ गई थी।

बच्चू उस घटना को याद करके कहने लगे,

''भोपाल के ठेके पर एक चालीस साल के आसपास की उम्र का एक आदमी पेटीं पहुँचाने का काम करता था। साला बड़ा हरामी था। रोज एक बोतल मार ही लेता था। दो दिन नहीं आया तो मैं खोजते हुए उसके घर पहुँचा, सचमुच देखकर दंग रह गए; क्या गजब की घरवाली थी उसकी! उससे दस पंद्रह साल कम की ही होगी और वो साला शराब में फुंक गया था।

''सुरजन कहाँ है?'' मैंने उससे पूछा।

''भीतर हैं।'' उसने धीरे कहा। तभी सुरजन ने आकर कुर्सी डाल दी और चाय बनाने को कहा। मैं मना नहीं कर सका।

''काम पर क्यों नहीं आया?'' मैंने बैठते हुए पूछा।

''कुछ तबियत खराब-सी लग रही थी!''

''लोगों के फोन-पर-फोन आ रहे थे तब हमें ही जाना पड़ा।''

''कल पक्का आ जाऊँगा।'' कहकर वह मुस्कराया। तब तक उसकी घरवाली चाय ले आई थी। रखकर वह भी वहीं बैठ गई थी। उसके चेहरे पर मुस्कान थी।

''हजार रुपए मिल जाते तो सामान खरीदकर रख देता।'' सुरजन ने कप बढ़ाते हुए कहा।

''ये सही कह रहा है!'' मैंने उसकी घरवाली की ओर देखकर कहा।

''उसने मुस्कराहट लम्बी करते हुए हाँ में सर हिलाया।''

अब मेरे पास न करने का कोई विकल्प ही नहीं था। मैंने तत्काल जेब से पाँच-पाँच सौ के दो नोट निकालकर उसकी ओर बढ़ा दिए। उसने लपककर जेब में ठूस लिए थे।

''चलता हूँ, खाने का समय भी हो रहा है।'' मैंने जानबूझकर कहा।

''यही खाके जाते।'' उसने तुरंत कहा, तो सुरजन भी कहने लगा।

''आज थोड़ा काम है फिर किसी दिन खाने आऊंगा। बहुत दिन हो गए घर का पनीर खाये हुए।''

''जब कहो तभी बनवा देंगे। बहुत अच्छा बनातीं हैं।'' सुरजन ने पत्नी की तरफ इशारा करते हुए कहा।

''तो फिर पक्का रहा, मगर खर्चा मेरी तरफ से रहेगा।''

''जब कहो बन जाएगी।''

''बताऊँगा। कहकर मैं निकल तो आया, मगर उसकी भरी हुई मांसल देह मुझे बार बार अपनी ओर खींच रही थी।''

''पता नहीं तुम लोग ऐसा सोच भी कैसे लेते हो; और अगर कोई तुम्हारी घरवाली को ऐसी नजर से देखे तो तुम्हें कैसा लगेगा?'' बीच में टोकते हुए चौधरी ने कहा।

''हर कुत्ते की नजर छीछड़े पर ही होती है!'' उम्मीद ने हँसते हुए टुच्चई करने वालों की औकात बता दी।

''चौधरी भाई यहाँ सब सती सावित्री नहीं होतीं, ऐसे कई दरुओं के घर इसी तरह से चलते हैं।'' कहकर बच्चू मुस्कराया।

''मुझे कुछ जलने की बदबू आ रही है।'' अख्खे ने आँख दबाकर कहा।

चौधरी ने तुरंत कढ़ाई में चमचा चलाया, मगर वहाँ सब ठीक था। बच्चू के साथ सभी ने चौधरी के भोलेपन पर ठहाका लगाया।

''फिर बात बनी क्या?'' उम्मीद ने उत्सुकता से पूछा।

''यार नोट में बहुत ताकत होती है। दो-चार बार की पनीर पार्टी के बाद ही सब सेट हो गया था। दिन बड़ी मस्ती में गुजरे थे।''

''फिर यहाँ क्यों आ मरे!'' चौधरी ने खिसकाकर कहा।

''घरवाली के सामने किसकी चलती है। रो-धोकर बुला लिया, और फिर मैं नहीं गया। बीस पच्चीस हजार निखर्चे कमाता था।''

''यार ये बेमतलब की बातें छोड़ो और थालीं लगा लो, सब तैयार है।'' डॉक्टर ने कहने से पहले आधे से ज्यादा टिक्कड़ सेंक लिए थे।

सभी खाने की तैयारी में जुट गए थे। घड़ी रात के बारह बजा रही थी।

12.

रतन बहुत दिनों से मुहल्ले में नहीं आया था। आज आया तो सभी ने पपलू का फड़ जमा लिया। दो-चार दिन से वह कुछ ज्यादा ही परेशान था। शिब्बू के यहाँ पपलू खेलते समय थोड़ी तबीयत खराब भी हो गई थी। बच्चू ने शिब्बू की मोटरसाइकिल उठाई और उसे घर छोड़ने चला गया। रास्ते में डॉक्टर को भी दिखा लिया था और दवाई ले ली थी। थोड़ा ब्लड प्रेसर बढ़ा था और कुछ कमजोरी भी थी। घर पहुँचकर दवाई ली तब कही रतन को राहत मिली। बच्चू जाने के लिए उठे ही पाये थे तभी रतन की पत्नी चाय लेकर आ गई।

''इस जुए ने तो जिंदगी नरक बना दी है। जायजाद तो जा ही रही है कम-से-कम शरीर ही बना रहे यही बहुत है।'' कप पकड़ाते हुए रतन की पत्नी ने कहा। उसके कहने में क्रोध से कहीं अधिक हताशा झलक रही थी।

''कभी-कभी टेंशन से भी ये सब हो जाता है। सब ठीक हो जाएगा आप चिंता न किया करो, ये तो जुआरियों के रोज के काम है।'' बच्चू ने अपनी समझ से बेहतर तरीके से समझाया था, मगर बात उल्टी पड़ी।

''फिर खेलते ही क्यों हो?'' कुछ कड़क आवाज में रतन की पत्नी ने कहा। बच्चू मौन थे और रतन ने भी कुछ नहीं कहा। हालात को देख बच्चू ने रतन को उन्हीं के हाल पर छोड़कर खिसकना ही बेहतर समझा।

उस दिन के बाद रतन पपलू खेलने नहीं आया। चर्चा थी कि रतन ने बाजार वाली दुकान का सौदा कर दिया था। एडवांस में जो रुपए मिले थे वे जरूरी जगह पहुँचा दिए गए थे। उड़ते-उड़ते खबर फायनेंसरों तक भी पहुँच गई थी। जोटीलाल अपने कुछ साथियों के साथ आ पहुँचे थे। रतन दुकान पर ही मिल गए थे।

''क्यों बे पैसे क्यों नहीं दिए।'' जोटीलाल ने रौबदार आवाज में कहा।

''दस-पन्द्रह दिन में रजिस्ट्री होते ही दे दूँगा। सौदा हो गया है।'' रतन ने कहा।

''और फिर उसे कहाँ से दिए। मादरचो...।'' जोटीलाल के साथ आए एक लड़के ने कहा।

''जोटीभाई रोक लो इसे गाली-गलौज न करे । ये बजार है और यहाँ मेरी बहुत इज्जत है।'' रतन ने कहा।

''अबे भोसड़ी के! जुआरियों की काहे की इज्जत। मुझे पैसे चाहिए; समझ गए।'' जोटीलाल ने कड़क आवाज में कहा। जिसे सुनकर आसपास भीड़ जमा हो गई थी। सैकड़ों आँखें तमाशा देखने के लिए उत्सुक थीं।

''देखो जोटीभाई ये सब ठीक नहीं है। कह तो दिया पैसे आते ही सबसे पहले तुम्हें मिल जाएंगे।'' रतन ने कहा। सुनकर जोटीलाल भड़क उठा और उसने रतन के गाल पर दो थप्पड़ जड़ दिए। ''हरामखोर हमें आँखें दिखाता है। पैसे न मिले तो रोड पर ठोकूँगा।'' कहकर जोटीलाल चले गए थे, मगर रतन किंकर्तव्यविमूढ़ से गद्दी पर जा टिके थे। शान से खड़े पेड़ की तरह इस तूफान में रतन जड़ से उखड़कर जमीन पर आ गए थे। भीतर उफनती नदी की तरह हलचल थी।

बाहर होती खुसर-फुसर के बीच स्वयं को संयत करना बहुत कठिन था, मगर जैसे-तैसे रतन ने दुकान की शटर डाली और घर की ओर चल दिए। ये बिल्कुल तूफान के पहले का सा सन्नाटा था जो भीतर न जाने कितनी उथल-पुथल समेटे हुए था। दिल पर लगी बुरी होती है, और ये चोट देह से अधिक दिल पर लगी थी।

बुरी बातें आग की तरह फैलतीं हैं। सारा जुआ-जगत इस घटनाक्रम से सन्न था। रतन भले ही जुआ खेलता हो, परंतु उसकी इज्जत शरीफ और व्यवहारिक आदमी की थी, इसीलिए सभी को दुःख हो रहा था। शिब्बू, बुच्चू, केशू आदि उससे मिलने गए, मगर वह किसी से नहीं मिला।

''यार ये सही नहीं हुआ! सीधे आदमी के दिल पर ज्यादा लगती है; पता नहीं आगे क्या होगा?'' लौटते हुए केशू ने भावी आशंकाओं से डरते हुए कहा।

''सही कह रहे हो, आखिर है तो जुआरी ही एकाध महीने में सब सही हो जाएगा।'' बच्चू ने कहा।

''मुझे नहीं लगता; रतन उन जुआरियों में से नहीं है। कुछ-न-कुछ तो जरूर होगा।'' केशू ने मजबूती से कहा।

''जोटीलाल को गोली न मार दे! सीधे आदमी का गुस्सा उतना खतरनाक नहीं होता है जितना कि मौन।'' वहीं खड़े मुहल्ले के एक आदमी ने कहा।

''कुछ भी हो सकता है, लेकिन इसमें कोई कर भी क्या सकता है? छोड़ो, अब जो होगा सो सब सामने आ जाएगा। राजा और उम्मीद अपने घर पर इंतजार कर रहे होंगे।'' बच्चू ने कहा और सभी राजा के घर की ओर चल दिए।

एक व्यक्ति को छोड़कर सारी दुनिया अपनी सामान्य गति से चल रही थी। रतन ने रजिस्ट्री कराकर पैसे ले लिए थे। और एक-एक कर सभी को चुकता कर दिया था। जोटीलाल ने कुछ कहने की कोशिश की, मगर रतन बिना कुछ कहे सुने ही लौट आया। बाकी बचे पैसे पत्नी को देकर बाहर बैठक में लेट गया। उस घटना के बाद से उसने कभी न ताश छुए थे और न दुकान पर ही गया। इसीलिए दुकान पर उसके पिताजी बैठने लगे थे।

सभी उसके इस व्यवहार को सुधार की संभावनाएँ समझकर बेफिक्र थे, मगर रतन के उदासीनता से भरे व्यवहार से तो यही लग रहा था कि उसके भीतर तूफान अब भी जारी है।

इस घटना को गुजरे महीने भर से ज्यादा हो गया था। रतन सोच-सोच कर नकारात्मकता को अवसाद और संवादहीनता की अवस्था तक ले गए थे। पत्नी और पिताजी के समझाने पर भी वह न कहीं गया और न सामान्य दिनचर्या की ओर लौटा। रतन को छोड़कर सभी धीरे-धीरे इस घटना को भूल चुके थे, परंतु रतन अब भी इसे सीने से लगाए हुए चुप था।

उस दिन रात के बारह बजे होंगे। कमरे में नाइट बल्ब की रोशन इतनी ही थी कि शक्लें पहचानी जा सकें। सभी लोग सो रहे थे, मगर रतन की आँखों से नींद कोसों दूर थी।। उसने अपने बच्चों के सर पर हाथ फेरा और बारी-बारी से उनका माथा चूम लिया। पत्नी के चेहरे को गौर से देखा, वह आँखें बंद किये कितनी शांत और निश्ंचित दिख रही थी। उसके होंठ हिले।

''मैं तुम्हें कभी खुश नहीं रख पाया और जो दे सकता था वो भी नहीं दिया। सचमुच मैं बहुत बुरा हूँ। पूरा परिवार मेरी जुए की लत से आज कहाँ आ खड़ा हुआ है। मुझे माफ कर देना तुम सब।'' कहकर वह फिर लेटना चहता था, मगर उसे गला सूखता हुआ लगा। उसने जग उठाकर गले को तर किया। वदन में सिहरन-सी दौड़ गई। ठंडे पानी ने भीतर के ताप को छेड़ दिया था। उसने कंबल ओढ़ लिया और अपने कमरे से बाहर निकलकर बैठक में आ गया। सोफे पर सिकुड़ कर बैठकर भी उसे चैन नहीं आ रहा था। मन की बेचैनी बढ़ती जा रही थी। उसने सिगरेट जलाकर होंठों से लगा ली। लम्बे-लम्बे कश खींचकर धुँए का गुबार छोड़ा तब कुछ गर्माहट महसूस हुई।

उसके होंठ कुछ बुदबुदा रहे थे।

''मैंने तो स्वयं अपनी जिंदगी बेकार कर ही ली है, अब कुछ उल्टा-सीधा करके परिवार की जिंदगी और बदतर नहीं कर सकता, परंतु मुझसे अब ये जिल्लत से भरी जिंदगी जी भी तो नहीं जा रही है। मैं क्या करूं?'' उसने अपना सर पकड़ लिया। उसके दिमाग में अब भी बहुत कुछ चल रहा था।

''मेरे पास तो पैसे की भी कमी नहीं थी। बढ़िया दुकान थी। मैं परिवार के साथ दो वक्त की रोटी सुख से खा सकता था और जिन बच्चों के भविष्य सँवारने थे; मैंने उनकी विरासत को भी मिटा दिया। मैं इतना स्वर्थी हो गया था कि सिर्फ अपने ही बारे में सोचता रहा और सभी को दु:ख देता रहा। ऐसे नीच और दु:खदायी आदमी को जीने का कोई अधिकार नहीं है।'' बुदबुदाते हुए उसका मन निराशा के घोर अंधकार में डूबता जा रहा था। होठ फिर हिले, ''मुझे अब दुनिया की

नजरें चुभने लगी हैं। सरे बाजार पिटकर इज्जत भी चली गई। अब सभी को क्या मुंह दिखाऊँगा? दिल कर रहा है, उसे गोली मार दूँ।'' सोचकर ही उसके चेहरे से क्रोध की लपटें निकल रहीं थीं, जो कुछ ही देर में शांत हो गई थी। ''इससे क्या होगा? परिवार और मुसीबत झेलेगा। नहीं-नहीं! गलती तो मेरी ही थी। मैंने ही जुए में कर्ज लेकर पैसे जो उड़ाये थे; ये उसी की सजा थी।'' उसने कानों पर हाथ रख लिए। गालियाँ और थप्पड़ों की गूँज अब भी उसके कानों से टकरा रही थी। उसने सिगरेट सुलगा ली और टहलने लगा। उसे जिंदगी सिगरेट की तरह जलकर राख होती प्रतीत हो रही थी। उसे लग रहा था जैसे उसकी पूरी जिंदगी को जुए ने कुछेक कशों में ही चूस लिया हो और उसे अनुपयोगी फिल्टर की तरह कचरे में फैंक दिया हो। उसके होंठ फड़के।

''नहीं! मैं बेशर्मी की जिंदगी नहीं जी सकता, मुझे मरना ही होगा।'' उसका दिल जोरों से धड़क रहा था। चारों ओर छाई क्रूर शांति उसे काटने को दौड़ रही थी। वह अब दुविधा के एक ऐसे दोराहे पर खड़ा था जहाँ से उसे जीवन और मृत्यु दोनों ही सामने दिखाई दे रहे थे।

जैसे ही वह आगे बढ़ा, उसके सामने बच्चों के मासूम चेहरे थे। उसका मन कर रहा था कि वह पत्नी की गोद में सर रखकर खूब रोये; ताकि मन हल्का हो जाए और वह एक नई जिंदगी की शुरुआत कर सके। प्रेम में बहुत सामर्थ्य होती है, परंतु दूसरे ही क्षण उन तमाचों की गूँज उसके मस्तिष्क को सुन्न करने लगी थी। गालियाँ उभर-उभर कर उसकी आत्मा तक आघात कर रहीं थीं। वह बहुत जोर से चीखा, मगर आवाज गले में ही घुटकर रह गई। उसकी संपूर्ण चेतना परकटे पक्षी की तरह फड़फड़ा रही थी। क्रोध और हताशा से उसका चेहरा विकृत हो रहा था।

उसने फिर सिगरेट सुलगाई और कश-पर-कश लेने लगा। उठते धुँए के गुबार में उभर आईं शक्लें एक-एक कर गुम हो रहीं थीं। उसके लिए क्षणिक उम्मीद की किरण भी अब कहीं नहीं थी। वह इकदम अकेला था; अपने संपूर्ण ताप के साथ, जो अब भीतर से निकलकर देह को जला रहा था। वह घबराकर उठा और फिर उसे लगा कि जैसे उसकी

चेतना किसी अंधेरे कुँए में डूबती जा रही है। वह धड़ाम से गिरा। टेबल पर रखा काँच का पौट टूटकर बिखर गया था। पीड़ा मस्तिष्क से निकलकर संपूर्ण देह में फैल गई थी।

वह पूरा जोर लगाकर उठा, मगर उठ न सका। तब तक काँच का एक तेजधार टुकड़ा उसकी हथेली को चीरकर पार हो चुका था। उसने हाथ उठाकर देखा। रक्त बूंद-बूंद कर चू रहा था। दर्द मस्तिष्क को सुन्न कर रहा था। उसकी हर पुकार गले की सीमा पार करने की सामर्थ्य खो चुकी थी। उसके धँसे टुकड़े को निकालने की कोशिश की, मगर असफलता ने दर्द और बढ़ा दिया था। उसकी नजर चारों तरफ घूमी। काँच के टूटे टुकड़ों के किनारों पर उभर आई तीक्ष्णता चमक रही थी। उसके चेहरे पर मुस्कान तैर गई। उसने लपककर एक टुकड़ा उठा लिया। दर्द फिर उभर आया था जिससे वह मुक्ति चाहता था। स्थाई मुक्ति! उसकी देह बुझते दिए की तरह बड़ी तीव्रता से हिली, और फिर वह अपनी घायल कलाई को बड़ी बेरहमी से काटे जा रहा था। उसकी चेतना बहते रक्त के साथ-साथ दर्द से मुक्त हो रही थी। वह उस स्थाई शांति को महसूस कर रहा था जो उसकी उद्विग्न आत्मा चाहती थी। करीब आती इस मौत की आहट में उसकी मुक्ति का राग बज रहा था या फिर जीवन की हार का; इसका फैसला करने वाला वहाँ कोई नहीं था।

चारों तरफ फैली रात्रिकालीन शांति अब क्रूर सन्नाटे में तब्दील हो चुकी थी। भले ही फर्श पर जमे रक्त की ऊष्णता को वातावरण ने सोख लिया हो, परंतु घड़ी की सुई अब भी गतिशील थी; और ये दिखा रही थी कि समय जो रिक्तता छोड़ता है उसे समय ही भरता है।

...सुबह होने में अब कुछ ही देर थी। रतन जुए में हारा सो हारा; जीवन की जंग भी हार चुका था। अपराधबोध और आत्मग्लानि ने उसे जीने नहीं दिया था।

13.

मौत के उस भयानक मंजर को देखने के बाद रतन के घर में कोहराम मचा था। पत्नी छाती पीटकर रो रही थी तो वहीं बच्चे डर

से कोने में दुबककर सिसक रहे थे। बेसुध माँ एक ओर पड़ी थी और हताश बाप की आँखें बाहर जुटती भीड़ को किंकर्तव्यविमूढ़ होकर देख रही थी।

पुलिस ने आकर अपना काम शुरू कर दिया था।

खबर आग की तरह कस्बे में फैल गई थी। समस्त जुआरी समाज स्तब्ध था। जुआरी..., और आत्महत्या! सोचते हुए सभी एक दूसरे तक खबर पहुँचने को अपना नैतिक दायित्व समझकर व्यस्त हो गए थे। रतन के घर शोकसंतप्त परिवार को सहयोग और सांत्वना देने लोग जुटने लगे थे।

सुबह-सुबह अचानक बढ़े कोहरे ने ठंड कई गुनी बढ़ा दी थी। रात को घटित घटनाक्रम से बेखबर शिब्बू, रूमहीटर जलाये चाय की चुस्कियाँ ले रहे थे। बाहर कोहरे ने सब कुछ निगल रखा था। तभी किसी ने डोरबेल बजाई।

''कौन है?'' शिब्बू ने पूछा।

''अरे! खोलो तो, हम हैं बच्चू और अखबे!''

''अरे यार! इतनी सुबह-सुबह, आज कहीं जाने का मन नहीं है।'' दरवाजा खोलते हुए शिब्बू ने कहा।

''क्यों... तुझे पता नहीं है? रतन ने रात को आत्महत्या कर ली।''

''नहीं तो!'' शिब्बू ने चौंककर कहा।

''बहुत बुरा हुआ, साले ने बाल-बच्चों की भी नहीं सोची; नाहक में जान दे दी।'' कहते हुए अखबे वहीं सोफे पर बैठ गए।

'''सच कहते हो, जुए में ये सब तो चलता रहता है। कभी हारे तो कभी जीते!'' शिब्बू ने कपड़े पहनते हुए कहा।

''यार इतनी बड़ी जायजाद चली गई, हो सकता है सदमा लगा हो?'' बच्चू बोले।

''सदमा-बदमा कुछ नहीं था, वो तो उस दिन बीच बाजार में फायनेंसर ने मारपीट कर कितनी बेज्जती कर दी थी। आदमी खुद्दार था; दिल पर लग गई होगी।'' अखबे ने कहा।

"हाँ! ये भी हो सकता है। उस दिन चौधरी भी ऐसा ही कुछ कह रहे थे।" शिब्बू ने कहा।

तभी बाहर से चौधरी ने आवाज लगाई। शिब्बू ने दरवाजा खोलते हुए कहा, "बड़ी उमर है तुम्हारी, अभी तुम्हारी ही बात हो रही थी।"

"वो तो ठीक है, परंतु वहाँ भी तो चलना है। सुना है अंतिम संस्कार बारह-एक बजे के करीब होना है। तब तक लाश भी पी.एम. के बाद आ जाएगी। मैं अभी वहीं से आ रहा हूँ। कम्बख्त ने पूरा हाथ बड़ी बेदर्दी से काटा है; खून की एक बूंद भी नहीं बची शरीर में।" चौधरी ने दु:खी मन से कहा।

"बहुत बुरा किया!" चाय की ट्रे लेकर आए शिब्बू ने कहा।

चौधरी ने कप उठाया और स्वयं को रूमहीटर से चाय पीते हुए गर्म करने लगे। कुछ ही देर में सभी चाय पी चुके थे।

"यार यहाँ मन नहीं लग रहा है। चलो वहीं चलते हैं, आखिर में था तो दोस्त ही!" बच्चू भारी मन से कहा और उठ खड़ा हुआ। सभी उसके साथ हो लिए थे।

बाजार में सिर्फ इसी बात की चर्चा थी। रास्ते में कुछ और हमपेशा मिल गए थे; वे भी उसी ओर जा रहे थे।

सभी रतन के घर पहुँच गए थे। वहाँ बड़ा ही बुरा हाल था। देखने वालों के रोंगटे खड़े हो गए थे। चीखने चिल्लाने और रोने के अतिरिक्त कहीं कुछ और सुनाई नहीं दे रहा था। आखिर इस परिवार ने जवान बेटा खो दिया था।

शमशानघाट पर नगर के संभ्रांत व्यवसायी परिवारों के सदस्यों के अतिरिक्त जुआरियों की भी उपस्थिति अधिक ही थी जो अफसोस और ग्लानि के क्षणिक एहसास से ग्रसित दिख रही थी। क्योंकि जिसे देखो वो जुए को ही कोस रहा था।

तमाम कर्मकांडों के बाद चिता में अग्नि डाल दी गई थी। आग की लपटें उठने लगीं थी। इसी बीच बच्चू और छद्दन के मोबाइल तीन बार बज चुके थे।

''भोसड़ी के शमशानघाट में भी चैन नहीं लेने देते। सुकून तो शराफत की जिंदगी के अतिरिक्त कहीं है ही नहीं!'' कहकर मोबाइल बंद कर लिया छद्दन ने। बच्चू वायब्रेशन पर मोबाइल करके जेब में रख चुके थे। यदाकदा मोबाइल की आवाजों को छोड़ दें तो वातावरण में एक अजीब सी उबाऊ नीरवता छाई थी। फेसबुक और व्हाट्सएप संचालन भी व्यर्थ की कवायद ही था, परंतु जारी था। इस क्रम को तोड़ते हुए केशू ने धीरे से कहा,

''इस घटना का असर हमारे घर तक पहुँच गया है। कुन्नू की मम्मी की आँखों में आशंकाओं की नमी देखकर आ रहा हूँ। हार-जीत तो हम सभी के साथ है!''

''यदि जुआरियों की घरवालियों को हारने का सही-सही पता चल जाए तो वे सोच-सोचकर ही मर जाएंगी। इसीलिए मैं तो कभी नहीं बताता; बस यही कहता हूँ कि खाव-पियो और मस्त रहो।'' शिब्बू बोले।

''ये शक्लें देखकर पहचान लेतीं हैं, परंतु ज्यादा इसीलिए नहीं कहतीं कि मानना तो है नहीं!'' बच्चू ने अपना पक्ष रखा।

''बात तो सही है, परंतु और करें भी तो क्या? ये दो पाँच रुपए पर चिकचिक अब मुझसे तो नहीं होगी!'' वहीं बैठे उन्हीं के एक हम पेशा ने कहा।

तभी वहीं बैठे एक बुजुर्ग बोले,

''बेटा, सभी तुम्हारी तरह ही सोचते तो ये दुनिया केवल धन के लालची जुआरियों से ही भरी होती, परंतु आदमी आज भी मान-सम्मान की दो रोटीं पसंद करता है। इसका परिणाम भी तुम्हारे सामने है। धन, जायजाद, इज्जत तो गई ही जान भी चली गई, अब बाल-बच्चे बचे हैं सो उमर भर रोएंगे। अब भी समय है सँभल जाओ, इस जुए का कोई भविष्य नहीं है!''

वे कहकर चुप ही हुए थे कि अख्खे बोल पड़े, ''आपने कभी जुआ खेला है?''

समय और हालात देखकर सभी ने अख्खे पर आँखें तरेरीं; तभी उसी बुजुर्ग ने मुस्कराकर कहा,

''कोई बात नहीं है, नया खून है!'' कहकर वह चुप हो गया। फिर उसी मौन को तोड़ते हुए कहने लगा,

''बेटा, जितनी तुम्हारी उमर है; मैंने उससे ज्यादा जुआ खेल लिया है। गाँव के चबूतरे से लेकर क्लब-कैसीनो सब देख लिए, परंतु परिणाम शून्य ही रहा। दुनिया में बहुत सी चीजें ऐसी होतीं हैं जिनकी कीमत नहीं होती, परंतु आवश्यकता बहुत होती है।''

इससे पहले कि वह आगे कुछ कहता, सभी लोग उठ खड़े हुए थे। जलती चिता में लकड़ी डालकर लोग रतन की आत्मशांति के लिए ईश्वर से प्रार्थना कर रहे थे, जो उनके व्यवहारिक कर्तव्यों की इतिश्री थी।

ठंडी हवा देह में झुरझुरी पैदा कर रही थी। 'जिसका मरता है रोना तो उन्हें ही पड़ता है।' यही सोचकर लोग घर लौटने लगे थे।

ठिठुरती ठंड में बाहर नहाने धोने में सभी को आफत सूझ रही थी, परंतु परंपराओं का निर्वहन भी आवश्यक था। जब तक अख्खे ने थोड़ी लकड़ियाँ जुटाकर आग चेता ली थी। शिब्बू ने भी कपड़े पहनकर कुछ अनुपयोगी लकड़ियाँ उठाईं और तापने आ गए थे। धीरे-धीरे लगभग सभी लोग आ गए थे। वही एक ईंट उठाकर बैठते हुए अख्खे ने कहा,

''अभी तो छह भी नहीं बजे, कहाँ तक बिस्तर में घुसे रहो!''

''सो तो है...और फिर आज तो रतन का चेहरा सामने से हट ही नहीं रहा है।'' बच्चू ने भावुक होते हुए कहा।

''उसे इस तरह मरना नहीं था! रही बात हारने की तो ये तो इसमें होता ही है। और यदि हारने का दु:ख होता है तो कौन से पुरखा कह के मरे हैं कि बेटा जुआ ही खेलना है।'' अख्खे ने आवेश में कहा।

''ये बात नहीं है, वह जबसे सरे बाजार पिटा था तभी से उदास था। हो सकता है बेज्जती सहन न कर सका हो या फिर घर में झगड़ा हुआ हो!'' चौधरी बोले।

''ऐसा एक भी जुआरी बताओ जिसकी बेइज्जती न हुई हो, तो क्या सभी मर जाएँ? कभी पुलिस, कभी फायनेंसर तो कभी घर वाले,

कोई-न-कोई तो हाथ साफ कर ही देता है। ये तो इस खेल का हिस्सा है। ओखरी में मूंड़ देकर मूसरों की परवाह बेकार ही है। वे तो पड़ेंगे ही।'' अखबे ने कहा।

''बात तो सही है। इज्जत की इतनी फिकर है तो दुकान खोलकर बैठ जाओ किसने रोका है, परंतु मरना तो कायरता है।'' केशू ने अफसोस जाहिर किया।

''छोड़ो यार, जो होना था हो गया। वैसे ही बुद्धि खराब है। सभी अपनी तकदीर का लिखा भोगते हैं।'' चिढ़कर बड़ी ही रुखाई से उम्मीद ने कहा।

''आदमी मरा है! उसके भी बालजबच्चे हैं। उन पर क्या बीत रही होगी?'' केशू ने ठंडी पड़ती आग को कुरेदते हुए कहा।

''सब बेवकूफी है। जब उसने नहीं सोचा तो हम रोकर कौन-सा उनका भला कर लेंगे।'' मुंह बनाते हुए उम्मीद ने कहा।

''चलो अब कुछ खा लिया जाए; दिन भर हो गया भटकते भटकते।'' शिब्बू ने उठते हुए कहा तो इस पर सभी एक मत हो गए।

ठंड बढ़ने लगी थी। कोहरा भी आकर दस्तक देने लगा था। ये सभी जानते थे कि एक थकी हारी रात की सुबह भी अनमनी ही होगी। इसीलिए कहीं कोई हलचल नहीं थी।

14.

इस घटना की काली छाया लगभग उन सभी घरों पर पड़ी थी जो जुए की कमाई से परेशानियाँ भोगते हुए मजे कर रहे थे। यदि भय और आशंकाओं का वेग तीव्रतम न होता तो आदमी को बड़े-से-बड़े सदमे से उबरने में देर न लगती। पारिवारिक आशंकाओं और पुलसिया सख्ती के कारण कुछ समय से जुए के लिए हालात अनुकूल नहीं थे। फायनेंसरों की उपेक्षा से कुछ बजहें और बढ़ गईं थीं।

नगर के खिलाड़ियों को इन हालातों से उबरने और सामान्य स्थिति में आते-आते महीना भर लग गया था। लगभग सभी उस दुःखद घटनाक्रम को भूलकर पुनः अपने रुटीन पर लौट आए थे।

पपलू, लूडो सभी बंद हो गए थे। बच्चू ने नया फायनेंसर तलाशकर बड़े गेम की ओर रुख कर लिया था। इसे शिब्बू अपनी उपेक्षा मान रहे थे। भीतरी ईर्ष्या और इतिहास को देखते हुए उन्हें बच्चू का भविष्य गहरे खड्डे में पड़ा दिखाई दे रहा था। सभी के लिए बच्चू की हार-जीत अभी अनुमानों पर ही टिकी थी।

शिब्बू और अख्खे सुबह-सुबह बीड़ी के सुट्टे लगाते हुए बात कर रहे थे। अख्खे ने बीड़ी को झटकते हुए कहा,

''यार शिब्बू, अच्छा ही हुआ जो लूडो बंद हो गया है। अब सुबह शाम यहाँ कबाड़ियों का जमाबड़ा तो नहीं होगा। अपने मकान तो सामने ही हैं, घर की औरतों को बहुत परेशानी होती थी। बेचारी किससे कहें?''

''बात तो सही है, मुझसे भी बीनू की मम्मी एक दिन कह रहीं थीं तो मैंने झिड़क दिया था। अब आ जाते है तो भगाए नहीं जाते हैं। हमें तो उन्हीं से जूझना है।'' शिब्बू ने कहा।

''इस मुहल्ले में सभी से पारिवारिक जुड़ाव हैं, और खेलने वाले भी अधिक हैं इसीलिए ये सब चल जाता है वरना किस-किस से लड़ते...'' अख्खे बातों-बातों में असलियत बयाँ कर गए।

''जुआ कोई अच्छा काम तो है नहीं, परंतु करें भी क्या? अपने तो हाथ खुले हैं, इसी से पूर्ती होगी।'' शिब्बू कुछ आगे कहते तभी माही बच्चू के घर में घुसते हुए दिखाई दिए।

''ये हैं बच्चू के नये फायनेंसर, किसी दिन रोड पर जूतमपैजार देख लेना। वो तो मैं था जो इतनी बड़ी रकम के कर्ज को चुटकियों में निपटा दिया था।'' शिब्बू ने इशारा करते हुए कहा।

''माही आदमी ठीक नहीं है। पैसे का बहुत लालची है। मुझसे कोई कह रहा था कि माही की बच्चू के मकान पर बहुत दिनों से नजर है। कही। चार-छह लाख से फँस गए तो मकान गया ही समझो।'' अख्खे बोले।

''भाड़ में जाए मुझे क्या... करेगा सो आप को माई न बाप को।'' कहते हुए शिब्बू के चेहरे पर घृणा के भाव थे।

अख्खे का मोबाइल बज उठा था। वे शिब्बू को उनकी शिकायतों के साथ छोड़कर चलते बने थे।

शिब्बू कुछ दिनों से शांत थे। उनके छोटे-बड़े सभी तरह के गेम बंद थे। लूडो के बंद होने से मुहल्ले में चहलपहल भी कम हो गई थी। शिब्बू लकड़ी लेकर नाली में बाँध की तरह जलभराव करतीं पन्नियों को निकाल रहे थे। तभी स्कोर्पियो से उतरते हुए केशू ने राम-राम की, साथ में बच्चू भी थे।

''इतने सुबह-सुबह कहाँ से?'' राम-राम का जवाब देकर शिब्बू ने पूछा।

इससे पहले केशू जवाब देते, शिब्बू ने बहती नाली के पानी को देखकर लकड़ी फेंक दी और चबूतरे पर बैठ गए।

''बाहर, बड़े गेम में गया था। चार बजे तक चलता रहा, वहाँ बड़ी-बड़ी पार्टियाँ थीं। और फिर कहाँ तक इस मोबाइल में चुर्र-चुर्र करता रहता।'' केशू ने वहीं खड़े-खड़े कहा।

जब तक बच्चू ने तीन बीड़ी सुलग कर हाथ बढ़ा दिया। शिब्बू के चेहरे पर रौनक आ गई। बीड़ी लेकर सुट्टा मारते हुए पूछा,

''आज क्या हुआ?''

''देखो भाई, बच्चू की बच्चू जानें; मुझे तो तीन के अरीब-करीब मिले होंगे। दो तीन चकरी में ही गेम हो गया।'' शिब्बू का मंतव्य समझकर केशू ने कहा, और हाथ में पकड़ी हुई पोलीथीन को खोलकर दिखा दिया। पाँच सौ और दो हजार के नोट बेतरतीब भरे थे।

''दो लाख के करीब तो मैं भी बढ़त में था। कम्बखत दो चोर दाँव ने सब बराबर कर दिया। भोसड़ी के ने ऐसे नोट सेट किए कि दिखने में बीस पच्चीस हजार के आसपास ही लग रहे थे, परंतु एक अस्सी हजार और दूसरा एक पाँच का निकला; और फिर किश्मत देखो कि दोनों मरे। यार ये दो हजार और पाँच सौ के नोट इतने छोटे हैं कि सौ के नोट के बीच ऐसे छुप जाता है कि पता भी नहीं चलता!'' बच्चू ने एक लम्बी साँस लेकर कहा।

''...और जीत जाते तो कल्याण न हो जाता; यही तो जुआ है। आज केशू का दिन था!'' शिब्बू ने एक मजे हुए दार्शनिक की तरह कहा।

बच्चू के उदास चेहरे पर हताशा के स्थाई भाव नजर आ रहे थे। तभी मुस्कुराकर शिब्बू ने कहा,

''सोच रहा हूँ मैं भी अब पुराने रंग में लौट ही आऊं, बहुत दिन हो गए बैठे-बैठे। कल सुख्खन मिल गया था, कह रहा था कि यहाँ भी गेम ठीक-ठाक ही चल रहा था, परंतु रिस्क है अभी थानेदार से सेटिंग नहीं हो पाई है। प्रयास चल रहा है।''

''हमारे साथ चला करो, वहाँ अच्छी व्यवस्था है और कोई पकड़ा-धकड़ी का झंझट भी नहीं है।'' बच्चू ने कहा।

''ठीक है, फिर मैं भी चलूंगा। अभी तुम खा-पी कर आराम करो, रात भर के जगे होंगे। शाम को मिलते हैं।'' शिब्बू बोले।

''आज से कुछ लोग और भी साथ चलेंगे।'' केशू ने बताकर घर की राह पकड़ी। बच्चू ने भी वही किया।

शाम ढल चुकी थी। सभी नियत समय पर उपस्थित थे। बड़े गेम के साजोसामान भी बड़े ही होते हैं। गुटखा, बीड़ी, सिगरेट, बियर के साथ चखना भी रुचि और आदतानुसार ले लिया गया था। सभी एक दूसरे के चेहरे देखकर मुस्कुरा रहे थे। जैसे कह रहे हों कि जुए में कुछ भी स्थाई नहीं होता है, न हार और न जीत, न दोस्ती और न दुश्मनी। क्योंकि जुए का तो एक ही धर्म-कर्म होता है, पैसा... जिसे पाने के लिए तमाम अनिश्चितताओं के बावजूद स्कोर्पियो सड़क पर तीव्र गति से दौड़ी जा रही थी।

तकदीर का ऊँट किस करवट बैठेगा, ये तो समय ही तय करने वाला था, इसलिए इस पर ज्यादा सोचना बेकार की कवायद से अधिक कुछ भी नहीं था। सभी रोज की तरह ही पूर्ण आशान्वित थे। गाड़ी में लगे स्पीकरों में से कुछ शब्द उभर रहे थे,

''कर्मण्येवाधिकारस्ते मा फलेषु कदाचन...''

बच्चू की अम्मा जलन और जिल्लत से भरकर शिब्बू को कोस रही थी। बुदबुदा रहीं थी कि इसी के आने से बच्चू बरबाद हो गया है। शिब्बू की बिल्डिंग शान से खड़ी थी जिसे देखकर अम्मा की छाती पर साँप लोट रहा था और बद्दुआएं उनके मुंह से बरस रहीं थी। क्योंकि बच्चू का घर भी अब फायनेंसरों की उंगलियों में जा फंसा था।

चर्चा थी कि बच्चू ने इस बार बहुत बड़ा कांड कर दिया था। इस बार जमीन जायजाद तो गिरवी रख ही दी थी साथ में रहने वाले मकान को भी नहीं छोड़ा था। कुल मिलाकर पच्चीस लाख के आसपास घुस गए थे। ये उनका सबसे बड़ा और आखिरी कांड था क्योंकि अब कुछ खोने को बचा ही नहीं था और वो इस दौर में युधिष्ठिर बनने से तो रहे! इस मामले में आज के दुर्योधनों को निराश ही होना पड़ेगा।

फायनेंसरों की धमकियों और जूतमपैजार की नौबत आने पर बच्चू के द्वारा खूब टोपियाँ बदलीं गईं थीं, मगर उसका प्रभाव और उल्टा पड़ा। ब्याज, मूलधन बनकर सब खा गया। केवल मकान ही रह गया था कि उसकी भी गिरवी रखे होने की खबर अम्मा तक पहुँच गई थी। बच्चू का कर्म चाहे जैसे हो, लेकिन एक माँ अपने बच्चे को बरबाद होते कैसे देख सकती है!'' और फिर समय था कि बच्चू से ऐसा प्रतिकूल हो गया था कि उसके लिए कुछ भी सही नहीं हो रहा था, न गेम में और न जिंदगी में।

अंत में ईश्वर ही एक सहारा सूझता है; बच्चू को अब वही दिख रहा था। तमाम संतों महंतों और मंदिर मठियों को पूजने में लगे थे, मगर उन्हें अब भी समझ नहीं आ रहा था कि जो हो रहा है वो उन्हीं की मूर्खताओं और जुए का ही परिणाम है।

बच्चू के मेनरोड के मकान को लोग चुपचाप देखे जा रहे थे। उन्हें उम्मीद थी ये भी जल्द ही बिकेगा। जब आदमी बुरे कर्मों का बोझ लेकर चलता है तब उसके पैर आगे बढ़ते हुए गहरे निशान छोड़ जाते हैं। इसीलिए लोगों को भविष्य के अनुमान लगाने में ज्यादा परेशानी नहीं होती।

शिब्बू के दरवाजे पर वाहनों का जमावड़ा बढ़ने लगा था। मुहल्ले में चर्चा थी कि उन्होंने घर पर ही जुआ खिलाना शुरू कर दिया। ये खर्च तो जैसे भी हो निकलता रहना ही चाहिए। इस पर उनका कहना था कि जब भीख माँगने निकल ही पड़े हैं तो शर्म और स्वाभिमान जैसे शब्दों को भूल जाओ और माल छानो।

शिब्बू के यहाँ कुछ दिनों से राजे और जगने मास्टर भी खेलने आने लगे थे। सोर्स-शिफारिश के साथ आरक्षण की भी दया दृष्टि रही तो दोनों ही शिक्षक तो बन गए, मगर संस्कार नहीं बदले।

शाम के पाँच बजने को थे। जुआरियों के जुटने का समय हो गया था। बच्चू की अम्मा दुखी मन से मास्साब के चबूतरे पर जा बैठीं। और इशारे से दिखातीं हुई कहने लगीं,

''देख रये मास्साब! जो मुहल्ला में का हो रओ?''

''हाँ! दिख तो रहा है, मगर क्या कर सकते हैं? महिमा घटी समुद्र की, रावण बसा पड़ोस।'' मास्साब के कथन में भी लाचारी झलक रही थी। शिब्बू का मकान अम्मा की आँख में कंकरी की तरह चुभ रहा था, मगर वे भी मजबूर ही थी वरना पता नहीं वो क्या कर गुजरतीं!

''बच्चू के कर्जे तो उतर गए होंगे?'' मास्साब ने बात का रुख उन्हीं के घर की ओर मोड़ दिया था।

''जब सब चलो गओ तो उतर ही गए समझो! और बचो होय तो मरें; हम का कर सकत?'' अंततः बच्चू को उन्हीं के कर्मों के सहारे छोड़कर अम्मा भारी मन से उठ खड़ीं हुईं। वो तो अपने मन की भड़ास निकालने आईं थीं, मगर मास्साब ने उन्हीं के जख्मों को कुरेद दिया था।

उगते हुए सूरज को दुनिया प्रणाम करती है और डूबते हुए सूरज को ये सोचकर देखती है कि कितना वक्त और बचा है इसे पूरी तरह से डूबने में। बच्चू की हालत भी कुछ ऐसी ही हो गई थी। लोग उन्हें उस नाव की तरह भी देख रहे थे जिसकी पैंदी में बहुत सारे छेद हो गए थे। फिर भी बच्चू के चेहरे पर दुःख और हताशा के उतने बादल नजर नहीं आ रहे थे जितने की दुनिया के हिसाब से नजर आने चाहिए थे। जुआरियों में गजब का आत्मबल होता है जिसके सहारे वे हर स्थिति

में मुस्कुराने का हौसला रखते हैं। बच्चू भी इसी आत्मबल के कारण मैदान में टिके हुए थे।

अम्मा के चेहरे पर हताशा और असुरक्षा दोनों ही नजर आ रहीं थीं। उन्होंने भी अपनी सुख-सुविधा के हिसाब से परिवार में पार्टियाँ बदलने में कोई कसर नहीं छोड़ी थी, मगर इस बार वो डूबती नाव पर ही सवार थीं इसलिए उनका चिंतित होना लाजमी था। इसे इस तरह भी कह सकते हैं कि ये सब उनके पूर्ववर्ती कर्मों की बेरहम मार थी।

अम्मा की बढ़ती छटपटाहट और बच्चू का अब भी मूर्खतापूर्ण व्यवहार उनके लिए संभावनाओं के सभी नैतिक, अनैतिक द्वारा बंद करता जा रहा था। 'नंगों से राम हारे हैं!' और बच्चू के सारे मैटर ऐसे ही नंगों के से थे!

जब घर की दीवारें दरकतीं हैं तो डर तो सभी को लगता है। गिरती छत दोषी और निर्दोष में भेद नहीं करती इसीलिए तो परिवार की एकता महत्त्वपूर्ण होती है जो पहले ही तार-तार हो चुकी थी।

अम्मा पूरी जिजीविषा के साथ ऐनकेन प्रकारेण इससे निकलने का प्रयास कर रहीं थीं, मगर बच्चू और उनके बच्चों का बुरा भविष्य तो उन्हें भी नजर आ रहा था, फिर भी माँ कैसी भी हो होती, तो माँ ही हो इसीलिए वो औरों की तरह बच्चू को उनके हाल पर नहीं छोड़ पा रही थीं। दूसरी तरफ जुआरियों के पास यदि लंगोट भी बचा है तो वे उसे भी जीतने या हड़पने की मंशा रखते हैं। बच्चू के पास भी अब केवल मकान ही बचा रह गया था जिसमें वो स्वयं रह रहे थे। चर्चा थी कि वो भी कहीं गिरवी रखा है। कुछ लोग आकर उसे दूर से देख भी गए थे। दोनों तरफ से कोशिशों का दौर जारी था। हार-जीत भी लगभग तय ही थी।

समय धीरे-धीरे आगे बढ़ रहा था। अख्खे किरायेदार थे, वे मुहल्ले को अलविदा कह चुके थे। उनके बच्चे उच्च शिक्षा के लिए शहर की ओर बढ़ गए थे, किंतु उनके स्थान पर एक नए किराएदार मुहल्ले को रोशन करने आ गए थे संतराम शर्मा, अपनी पत्नी और बच्चों के साथ, जिनमें कुछ विवाह योग्य लड़कियाँ भी थीं। मुहल्ले वालों के व्यक्तिगत

शोधों से ये निश्चित हो गया था कि उनके पास पारिवारिक सदस्यों के अतिरिक्त कोई भी आवश्यक सुख-सुविधाओं का सामान नहीं था। परिणामस्वरूप उन्हें सभी की सहानुभूति शीघ्र ही प्राप्त हो गई और वे कुछ ही दिनों में संते के रूप में सभी से घुल-मिल गए थे।

एक जुआरी का दूसरे जुआरी से हर समय कसाई और बकरे का ही संबंध हो, ऐसा नहीं होता, जब कभी उनकी संवेदनाएँ उमड़ती हैं तो उनके हाथों कुछ अच्छे काम भी हो जाते हैं। कुछ समय के लिए ही सही मन में उतर आई उदारता के कारण सब एक दूसरे के सुख-दुःख के साथी भी बन जाते हैं। इसीलिए संते को सभी के समधी बनने में देर न लगी और कुछ खर्च भी नहीं करना पड़ा। इसके उलट सहानुभुति और सहयोग भी खूब मिला। उम्मीद के भतीजे को उससे आधी उम्र की बेटी व्याहकर उन्होंने गंगा नहा ली थी।

जुए में आई मंदी और कुछ निजी कारणों से मजबूर होकर शिब्बू ने किराएदार रख लिया था इसलिए पपलू पूरी तरह से बंद हो चुकी थी। कभी-कभार बच्चू और उम्मीद लूडो के दो चार गेम खेल लेते थे। आज सुबह-सुबह बच्चू ने बीड़ी सुड़कते हुए संते को आवाज दी और उम्मीद की बैठक में आ बैठे। वहाँ शिब्बू के अतिरिक्त दो लोग और बैठे थे। संते भी तुरंत ही आवाज सुनकर आ पहुँचे।

''आ जाओ, दो सौ रुपए का एक गेम हो जाए!'' बच्चू ने कहा।

''सौ दो सौ का नहीं, पाँच हजार का एक गेम हो जाए। इस पार या उस पार...'' संते ने फुल कॉनफिडेंस से कहा।

''पाँच हजार का नहीं, पाँच सौ का हो जाए।'' बच्चू ने थोड़ी हिम्मत जुटाई।

''पाँच हजार हो तो बोलो, वरना बैठो आराम से।'' संते ने अपनी बात पर अडिग रहते हुए कहा। सुनकर बच्चू ने बीड़ी सुलगा ली। तभी संते ने शिब्बू की ओर देखकर कहा,

''यार इन दोनों ने तीन दिन में सात हजार चुन लिए। कमाने में महीना भर लगा था अब खर्चे की किचकिच अलग!'' कहते हुए संते की उंगली उम्मीद और बच्चू की तरफ थी।

"देखना रुपयों की बात करते-करते कुछ और दांव पर न लगा देना, दोनों एक ही तरह के खिलाड़ी हो!" शिब्बू के बगल में बैठे व्यक्ति ने चुटकी ली।

"भइया ये कलयुग है, भौजाई से घंटों जुतयाये जाओगे।" शिब्बू ने मुस्कुराकर कहा।

"यार संते! बच्चू की हिस्ट्री तो सभी को पता है तुम अपनी सुनाओ। सुना है तुम भी कभी जागीरदार हुआ करते थे।" उसी व्यक्ति ने पूछा।

"हाँ यार, सब समय का फेर है! सत्रह साल से जुआ खेलना शुरू कर दिया था और फिर बेईमानी से ऐसे कटे कि मद्दा में दो रातों में चालीस लाख हारे थे। बीस बीघा खड़े-खड़े बेचनी पड़ी थी। बाकी कसर यहाँ पूरी हो गई थी। अब तो दाल-रोटी भी मुश्किल लगती है।" कहकर संते ने लम्बी साँस भरी।

"इन्होंने कौन-सी कसर छोड़ दी, तुमसे एक कदम आगे ही है!" शिब्बू ने बच्चू की ओर इशारा करते हुए कहा।

"यार ये इतिहास भूगोल छोड़ो, हजार-हजार के गेम हो रहे हो तो बोलो!" बच्चू ने बड़ी बेशर्मी से खींसे निपोरते हुए कहा।

"पाँच हजार की गुंजाइश हो तो बोलो, वरना हम अपना काम देखें!" संते ने भी अतीत से वर्तमान में तत्क्षण लौटते हुए कहा।

"भोसड़ी के ये नहीं सुधरेंगे, नो लिमिट वाले हैं!" उम्मीद ने अपने बड़े होने का लाभ लिया।

सुनकर सभी ने ठहाका लगाया और फिर बच्चू ने मोबाइल खोल लिया। उम्मीद और बच्चू सौ रुपए का गेम खेलने लगे।

एक तरफ केशू भी लगातार होती हार से परेशान थे, मगर उन्होंने अभी जीतने की उम्मीद नहीं छोड़ी थी, लेकिन वे जुआ छोड़ चुके थे क्योंकि उनके गुरु ने उन्हें खेती करने का निर्देश देकर जुआ छोड़ने के लिए मजबूर कर दिया था। इसीलिए वे भी जी जान लगाकर खेती में ये सोचकर जुट गए थे कि इसमें रिस्क कम है, किंतु है तो ये भी जुआ ही। दूसरी तरफ बच्चू की परेशानियाँ थी कि कम होने का नाम ही

नहीं ले रहीं थीं। एक जगह नौकरी की जुगाड़ बनी भी थी कि कुछ समय बाद ही गडबड़ी के कारण निकाल दिए गए। गिरवी मकान पर फायनेंसरों की गिद्धदृष्टि जमी हुई थी। बुरा समय और बुरे होने के संकेत दे रहा था, किंतु वे इससे बेखबर मस्त थे। शिब्बू अब भी पैसों के साथ कुछ बद्दुआएँ भी इकठ्ठी करते हुए नई संभावनाएं तलाश रहे थे। सभी को सभी से आशाएँ थीं और 'जुआ गढ़' इन्हीं आशाओं पर टिका था।

जुआ, असल में मानसिक हीनताबोधों और कुंठाओं से उपजी रिस्क लेने की ऐसी क्षमता है जो मूर्खतापूर्ण निर्णयों से स्वयं के ही विनाश पर समाप्त होती है। और फिर जब तक जुआ खिलता रहेगा तब तक ऐसे उत्थान पतन के किस्से तो चलते ही रहेंगे, बदलेंगे तो सिर्फ नाम...मुहल्ले में गुपचुप चर्चा थी कि बच्चू, शिब्बू, डॉक्टर आदि के बच्चे भी कुछ नई संभावनाओं के साथ दो, पाँच रुपए इधर-से-उधर करने लगे हैं। कोई कह रहा था कि चूहों के जाए बिल ही खोदते हैं...।

■■■

www.ingramcontent.com/pod-product-compliance
Lightning Source LLC
LaVergne TN
LVHW040759051026
849519LV00007BA/2563